心有繁星，
抬头皆是皓月

A heart full of stars,
and wherever I look up,
there's a bright moon

〔英〕毛姆 著　丁伟 译

中国长安出版传媒有限公司

图书在版编目（CIP）数据

心有繁星，抬头皆是皓月 /（英）毛姆著；丁伟译. 北京：中国长安出版传媒有限公司，2025.6. —— ISBN 978-7-5107-1173-2

Ⅰ.I561.65

中国国家版本馆 CIP 数据核字第 20250SB945 号

心有繁星，抬头皆是皓月

〔英〕毛姆 著　丁伟 译

出版发行	中国长安出版传媒有限公司
社　　址	北京市东城区北池子大街 14 号（100006）
网　　址	www.changancbcm.com
邮　　箱	capress@163.com
责任编辑	刘英雪
策　　划	黄　利　万　夏
营销支持	曹莉丽
特约编辑	邓　华　丁礼江
装帧设计	紫图图书 ZITO
发行电话	（010）55603463
印　　刷	艺堂印刷（天津）有限公司
开　　本	787 mm×1092 mm　32 开
印　　张	7
字　　数	103 千字
版　　次	2025 年 6 月第 1 版
印　　次	2025 年 6 月第 1 次印刷
书　　号	ISBN 978-7-5107-1173-2
定　　价	59.90 元

威廉·萨默塞特·毛姆
William Somerset Maugham

> 他活过了别人十辈子
> 都无法活出的丰富人生

毛姆与他本人的半身像合影

"一个孤僻的孩子,一个医学院的学生,一个富有创造力的小说家,一个放荡不羁的巴黎浪子,一个成功的伦敦西区戏剧家,一个英国社会名流,一个一战时在佛兰德斯前线的救护车驾驶员,一个潜入俄国工作的英国间谍,一个跟别人的妻子私通的丈夫,一个当代名人沙龙的殷勤主人,一个二战时的宣传家,一个自狄更斯以来拥有最多读者的小说家,一个靠细胞组织疗法保持活力的传奇人物,以及一个企图不让女儿继承财产的固执老头子。"

——美国传记作家特德·摩根《毛姆传》

毛姆出生地，英国驻巴黎大使馆

10岁的孤儿毛姆

8岁失去母亲，10岁失去父亲，口吃的孩子寄养在古板的叔叔家

1874年1月25日，毛姆出生在巴黎。毛姆的父亲是英国驻巴黎大使馆的法律顾问，母亲是位优雅的英国女士。8岁那年，母亲因肺病去世，两年后，父亲也撒手人寰。小毛姆被送回英国，寄养在肯特郡的叔叔家。叔叔是位牧师，家里规矩多得像修道院，吃饭得正襟危坐，连笑都得憋着。毛姆后来写道："我叔叔的家是个冰冷的牢笼，唯一的光亮是我偷偷藏在被窝里的书。"

> 我没有朋友,只有读书

1889年,在坎特伯雷国王学校读五年级的毛姆

1885年至1890年,毛姆就读于坎特伯雷国王学校。在那里,他被视为局外人,并因英语不好(法语是他的第一语言)、身材矮小、口吃以及对运动缺乏兴趣而受到嘲笑。他避开同学,躲在学校图书馆里疯狂阅读,这习惯保持终生,乃至后来被称为"读书家"。他发自内心的言论"阅读是我随身携带的避难所",亦成为广大读书人之间流传的名言。

坎特伯雷国王学校

> 剧作家
> 毛姆

毛姆 15 岁起便开始写作，但初期还是遵照了叔叔的职业安排，进入伦敦圣托马斯医学院学医并拿到了医生执照。行医的见闻让他写出第一部小说《兰贝斯的丽莎》，该小说讲的是伦敦贫民窟一位姑娘的故事，销量并不好，但得到了一些专业作家的肯定，这让他得以在以后无论是当助产士，还是做间谍等诸多工作摸爬滚打时，都坚持写作这一"业余爱好"。

出人意料的是，在 1907 年，他的戏剧《弗雷德里克夫人》大火，瞬间让他成为当时最为热门的剧作家。当代喜欢毛姆小说的读者，可能无法想象他当年的戏剧有多么成功。在英国伦敦和美国百老汇，根据他的短篇小说《雨》改编的戏剧共演出 648 场。他的原创严肃剧《苏伊士以东》《信》《圣火》演出均超过 200 场。原创喜剧包括《弗雷德里克夫人》《杰克·斯特劳》《我们的长辈》和《忠贞的妻子》，分别演出了 422、321、548 和 295 场。

年轻时候的毛姆

毛姆剧作的热门，让英国著名幽默杂志《笨拙》刊登了一幅漫画，画中莎士比亚的鬼魂对毛姆戏剧的泛滥感到担忧。

> 小说家毛姆

毛姆1915年出版的小说《人性的枷锁》，让他变为著名戏剧家兼著名小说家。该小说几乎就是他自己的人生缩影：主人公菲利普·凯里从小孤苦，跛脚被同学笑话，长大后又被爱情和工作折腾得够呛，最后才找到内心的平静。这本书极为畅销，让英文读者真正认可了他的小说才华。评论家布莱恩·康农在《牛津国家人物传记大辞典》中评论道："从此以后，毛姆的写作再也不会失败，公众会热切等待他的每一部小说。"

确实，此后他的每一部小说，无论是长篇小说《月亮与六便士》《刀锋》《面纱》《寻欢作乐》，还是数以百计的短篇小说，每部作品都大行于世，乃至于他成为当时英语世界版税收入最高的作家。

> 富豪毛姆

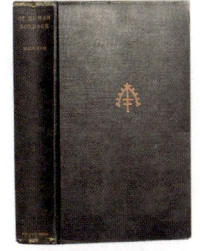

《人性的枷锁》，1915 年美国版

封面上的标志是来自毛姆位于法国南部海岸费拉角别墅大门上的标志。毛姆解释说这是避开邪恶之眼的标志。

毛姆的小说不仅让出版人大赚，还催生了庞大的影视改编业务。罗伯特·L·考尔德在毛姆去世 13 年后发表的一项研究中指出，毛姆戏剧之外的作品，已被改编成 40 部电影和数百部广播剧和电视剧，"超过了任何严肃作家"。而《纽约时报》在 1964 年评论道："如果没有毛姆那看似取之不尽、用之不竭的故事，英国的电视台和广播电台恐怕早就关门大吉了。"

毛姆站在莫里斯克庄园门口。这栋摩尔风格的房子门口刻着据说可以驱邪的法蒂玛之手。该标志被毛姆用在他的大多数小说封面上。

> 我要好好讽刺我的那些朋友

毛姆在莫里斯克庄园庭院里,和秘书一起为即将开始的聚会准备茶点

毛姆的收入得以让他在法国南部海岸费拉角山顶附近以 14000 英镑买下 1906 年由比利时国王利奥波德二世建造、后来破败的房产,再以巨资修复为闻名遐迩的莫里斯克庄园。此后长达 40 多年,他大多数时间都住在庄园。在郁郁葱葱的花园和摩尔式庭院中,毛姆招待着俱乐部的精英成员,包括卓别林、毕加索、丘吉尔、吉卜林、科克托、艾略特、弗吉尼亚·伍尔夫以及温莎家族、罗斯柴尔德家族的各位成员。

晚年的毛姆

毛姆晚年待在莫里斯克庄园,除了宴请朋友,便是晒着太阳写回忆录。你此时预备要读的这本《心有繁星,抬头皆是皓月》,便主要来自毛姆的回忆录。他写道:"我这辈子爱过很多人,也恨过不少,但最后发现,活着本身就挺有趣。"1965年12月16日,他在尼斯去世,享年91岁。遗嘱里他说:"我写了一堆书,活了个痛快,死也不亏。"

远眺莫里斯克庄园

心有繁星，抬头皆是皓月

W. Somerset Maugham

目 录 Contents

代前言   3
小孩有权说出世上最让人难堪的话

友谊和爱情的老生常谈   7
哲学的最大贡献,是把不得不做的事说成美德

人生与理想   17
生活的答案不是纯粹的是或否,而是似是而非

写作与生活   30
我是一个三流作家,就该将内脏暴露在人群中吗

我不信上帝,真高兴   36
每代人都认为掌握了真理,历史却悄悄一个个推翻

想开一点   69
找一个舒服的姿势对付人生,心怀幽默感地躺好

苦难的真相   74
苦难不会使人品格高尚,只会让人更加自私和粗鄙

79 **理解他人与自我**
   了解人要了解那人本身，而非去了解你的欲望和目的

86 **艺术与享受**
   为艺术而艺术，好吧，为杜松子酒而杜松子酒

92 **在印度修行的英国人**
   人类的痛苦，很大程度源于冗长而毫无意义的等待

105 **美国错觉**
   社会阶级最忠实的仆人是财富

110 **行动的力量**
   勇敢的人先享受世界

122 **生命的意义**
   人生真正的信仰，不在神，在自我

133 **人生已有哲学**
   我唯一能确定的事，是我对其他一切都无法确定

147 **真的意义**
   并非所有真相都适宜说出

美的内涵 150
略带缺憾的作品更能激发想象,完美反而令人沉闷

善的本质 161
善,是对残酷人生的幽默反驳

与年轻人相处 170
老年人最好谨言慎行,否则容易令人反感

老年的自由 181
衰老的补偿,就是不必再做任何不愿意做的事

结语 205
最后,等我知道答案时,已经没人再问那个问题了

苦难最直接的作用,
就是让人心胸狭隘。
他们变得斤斤计较、怨天尤人,
对任何微不足道的小事都异常敏感。
若说苦难能使人品格高尚,
那纯粹是无稽之谈。

心有繁星,抬头皆是皓月

A heart full of stars, and wherever I look up,
there's a bright moon

内在蓬勃旺盛的生命力所带来的愉悦，足以抵消人类所面临的痛苦与艰难。

小孩有权说出世上最让人难堪的话

代前言

细想来,我们人类做起事来常常愚不可及,聊起天来却又妙趣横生。或许少做多说,对世界更好。

滑稽剧[1]的歌曲,能给傻瓜提供笑料,正如格言警句让他们觉得自己特聪明。

好运能给人镀金粉,才华换不来真金白银。

牧师的职责是布道,而非身体力行。

---

1 滑稽剧(Music-hall),19世纪后期至20世纪初英国流行的一种娱乐形式,类似今天的综艺表演,包括歌曲、舞蹈、喜剧小品等。(若无特殊说明,本书所有注释均为译者注。)

只请那些能回请你的人来共进晚餐。

"己所不欲，勿施于人。"孔子说得妙极了——对别人而言。

这些洞见皆出自我的舅舅——惠特斯特布尔[1]的牧师之口。我一度深信不疑，但回忆起来才发现，他恐怕只是在拿我寻开心罢了。

他总爱以一句"上帝造万物本是为了取悦于人"为借口，巧妙地顶回那些禁酒主义者的慷慨陈词。为了更有力地支持这一论点，他家里总会囤积充足的威士忌和餐后甜酒，当然，通通严严实实地锁在餐具柜里。他时常一本正经地声明："烈酒并非每个人都配享用，实际上，让那些庸俗之辈喝如此高尚的东西，简直是一种亵渎。他们缺乏鉴赏力，自然也不配承受这种罪孽。"

读书并不会让人更有智慧，它只是让愚蠢看起来更体面。

---

[1] 惠特斯特布尔（Whitstable），英国肯特郡的一个沿海城镇。

所谓体面，不过是蠢货们掩盖无知时套上的华丽外衣。

任何行为本身从来无所谓善恶，善恶之分不过是社会协商出来的客套话。

…

与朋友同行去逛美术馆，大概是对友情最无情的检验。大多数人在踏进馆门的那一刻，便将所有礼貌与教养，同雨伞和帽子一起遗落在门口。他们撕下伪装，露出真实面目：武断而自负，浅薄而愚昧，半点儿不同意见都听不得，哪怕只是鸡毛蒜皮的小事。他们毫不掩饰地表达对你的真实看法，而通常这种看法不会让你感到愉悦。

在这种严酷考验中，倘若有人能宽宏大量地倾听你的愚见，并且大度地承认你可能与他同样愚蠢，那他才真正值得你交往。

但首先，你确定我们之间的友谊真的牢不可破吗？你是否坚定到能够让我毫无顾忌地吐露最私密的心事？

大多数人都蠢得令人绝望,以至于当你称赞某人"高于平均水平"时,这简直算不上什么真正的夸奖。

人类多数都是丑陋的,最可惜的是,他们从未想过用善良来弥补自己的不足。

当众神将"希望"混入潘多拉的魔盒[1]中时,他们一定在偷着乐吧——因为他们心知肚明,希望才是最为狠毒的祸害,正是它诱惑着人类一直忍受苦难,直到最后一刻。

最后,我舅舅对我说:"哦,当然,亲爱的孩子,你心地单纯,有权说出世上最令人难堪的话。请继续吧。"

(《作家笔记》1892年日记节选,标题为编者所加)

---

[1] 在希腊神话中,潘多拉打开象征着灾祸和不幸根源的魔盒,释放出人世间的所有邪恶,但盒底留下了"希望"。这里毛姆引用这一典故,表达了对"希望"的悲观和讽刺意味。

哲学的最大贡献，是把不得不做的事说成美德

友谊和爱情的老生常谈

近来，一场可能爆发的英法战争[1]使人人都兴奋得难以自持。

一周前，世间还一派太平，战争的念头若是被人提起，必定会被讥讽为酒醉后的痴话。但上周六，报纸神秘兮兮地透露两国之间起了摩擦。次日，那种暧昧措辞已被抛弃，法国居然异想天开，想把远在天边的马达加斯加收入囊中。局势忽然紧张起来，可人们仍觉报纸夸大其词，断定法国人尚未疯到宁愿兵戎相见。

---

[1] 英法战争指的是1894年因马达加斯加问题而引发的英、法两国之间的紧张局势。虽然最终两国并未真正开战，但当时局势一度十分紧张。

然而到了今天——10月3日，星期三，传出内阁紧急会议召开的消息，举国上下顿时如被雷击，那些正在外地享受休假的内阁大臣们，也不得不灰头土脸地匆忙返回伦敦。

气氛急转直下，举城惊恐万状。人人都在议论法国人日益膨胀的嫉妒心，以及他们在泰国和刚果地区进行的种种阴谋诡计；报纸顿时一份难求，那些印着马达加斯加地图、似乎预言着法国舰队已抵达家门口的文章更成了抢手货。伦敦证券交易所里鸡飞狗跳，股票仿佛从窗口一跃而下，全城商人似乎一夜间都成了热血沸腾的爱国者，纷纷表示要加入志愿军。人人忧心忡忡，四处打探消息。倒也不是人们憎恶法国人，但若真动起刀枪，他们也决意要大打一场。

至于本届政府[1]素来不得人心，内部不和早已公开

---

1 本届政府（The Government），指时任英国首相罗斯伯里伯爵（Lord Rosebery）领导的自由党政府。

化。尽管罗斯伯里伯爵[1]尚有声望，可人们明白他的那些内阁同僚个个存心捣乱。民意普遍认为，若这次英国再忍下法国人的挑衅，这政府就离垮台不远了。人们认定战争迟早会爆发，不为别的，只因法国人贪婪、傲慢又嫉妒成性。尽管如此，若真开战，为何偏偏为了个马达加斯加，恐怕谁也说不清楚。

今晚，我去拜访了几个朋友，途中听见两个邮差也正兴致勃勃地议论这场战争。抵达后，我发现朋友们也如所有人一般焦躁不安。我们的谈话绕不开战争，兴致勃勃地拿如今的法德两国[2]与1870年战争[3]前夕的

---

1 罗斯伯里伯爵（Lord Rosebery），即阿奇博尔德·菲利普·普里姆罗斯，第五代罗斯伯里伯爵（Archibald Philip Primrose , 5th Earl of Rosebery），英国自由党政治家，1894—1895年任英国首相。

2 法德两国（French and Germans），19世纪末，法德两国在欧洲大陆的矛盾日益尖锐，最终导致了第一次世界大战的爆发。

3 1870年战争（war of 1870），指普法战争（Franco-Prussian War），1870—1871年普鲁士王国（德意志帝国前身）与法兰西第二帝国之间的战争。

气氛对比,还大谈克雷西[1]、阿金库尔[2],以及皮特[3]和威灵顿[4]。我们甚至热烈地预测,法国军队一旦登陆英国海岸,会走哪条路,又该如何保卫伦敦。

10月4日,恐慌烟消云散,内阁紧急会议原来是讨论如何保护英国在华[5]的侨民。一切重归平静,然而公众愤怒了,他们质问:政府为何要故弄玄虚,平白引起恐慌,使交易所遭受重创?此前煽风点火的记者

---

1 克雷西(Crécy),法国北部市镇。1346年英法百年战争(Hundred Years' War)期间,英军在此战胜法军。

2 阿金库尔(Agincourt),法国北部市镇。1415年英法百年战争期间,英军在此再次战胜法军。克雷西战役和阿金库尔战役是英法百年战争中,英军取得重大胜利的著名战役。

3 皮特(Pitt),老威廉·皮特(William Pitt the Elder)或小威廉·皮特(William Pitt the Younger),均为英国18世纪末至19世纪初的著名首相,在与法国的战争中发挥了重要作用。此处可能指小威廉·皮特,即小皮特,他在拿破仑战争(Napoleonic Wars)初期领导英国对抗法国。

4 威灵顿(Wellington),即阿瑟·韦尔斯利,第一代威灵顿公爵(Arthur Wellesley, 1st Duke of Wellington),英国军事家和政治家,在拿破仑战争中指挥英国军队,最终击败拿破仑。

5 在华,指在北京。19世纪末,中国正值清朝末年,国力衰弱,西方列强在中国攫取了大量特权和利益。

们也恼羞成怒，觉得自己被耍得团团转。

...

安南代尔[1]今天把房间里的两尊雕像转过来面壁而立。我问他缘故。他答："事物的背面，总比正面更耐人寻味。"

安南代尔又说："我常常设想，若是我姓史密斯[2]，我的人生会多么乏味，简直毫无诗意可言。"

他爱读《圣经》。"你知道吗？《圣经》里的一些人物，骨子里透着一股法国人式[3]的风情。"

昨晚，他讲了个陈词滥调的笑话，我告诉他这笑话已听过太多遍。他道："谁说需要发明新笑话？我甚

---

1 安南代尔（Annandale），并非真实人物，可能是毛姆虚构或半虚构的人物形象，用以表达某种特定的观点或略显怪诞的幽默感。

2 史密斯（Smith），英语世界中最常见的姓氏之一，在此处被安南代尔用来指代普通、平凡，缺乏个性和特点的人。

3 法国人式（French），安南代尔认为《圣经》中某些人物具有"法兰西味儿"，可能暗示他认为这些人性格浪漫、热情，甚至有些戏剧化，带有一定的刻板印象。

至瞧不起那些拼命创造新笑话的人。他们就像钻石矿工,只懂挖掘原石,而我则是匠人,将钻石切割、打磨,让它们在女人眼中光芒夺目。"

他又接着说:"我不明白,人们为何不能坦然承认自己的长处,尤其当它完全属实时?我很聪明,我自己知道,难道说出来还有错吗?"

…

友谊有两种。

第一种是动物性的吸引。你喜欢一个朋友,并非因为他多么聪明,或是才华横溢,而仅仅是他某种莫名的特质吸引着你。"这是我的朋友,因为我爱他,因为他就是我的朋友。"这种友谊完全不讲理性,甚至有些蛮横霸道,最可悲的是,你经常发现自己为一个毫无价值的人费神劳心。这种关系虽然与性欲无关,却和爱情一样盲目地开始,也一样轻率地终结。

第二种友谊则更具智识上的意味。你被朋友的聪明才智所吸引——他头脑里闪烁着新鲜而惊人的念头,见识过你所未知的生活，经历犹如小说般精彩。然而，再深的井也有底，当你耗尽了他的经历和知识，他就像一口干涸的井，任凭你再放下多少水桶，也捞不出任何东西。于是，这种友谊常以迅速燃烧，又迅速熄灭的方式收场。更糟糕的是，当你发现自己当初钦佩的竟是如此平庸的人时，你难免转而感到轻蔑，甚至厌恶。不过，若你不得不继续维持这段关系，那么保持距离，让对方有足够的时间去积攒新鲜谈资，倒也是个明智的办法。久而久之，你对他的失望也会逐渐褪去，宽容便取代了苛责。但如果你在朋友的知识底层发现了更加珍贵的东西，比如性格、敏锐的感受力，以及一颗永不停歇的灵魂，那么这段友谊也许能真正延续，甚至拥有与动物性吸引相似的愉悦。

当然，最理想的是两种友谊能融合于同一个人身上，但追求这样的完美无异于企图在月光下捕鱼，只适合做梦。一旦某一方是基于动物性吸引，而另一方是出于智识上的欣赏，这种友谊就会像一场不合时宜的婚姻一样，令人痛苦不堪。

年轻的时候，友谊就像一次次激动人心的冒险，结识新朋友便如同踏上一片未知的大陆。我记不清楚当初是什么促使我如此深思熟虑地反思友谊,也许不过是发现自己的倾慕落空,或发现原本崇拜的人竟不如自己想象中那般聪明而已。年轻人总容易把个别事件当作普遍规律。

至于哲学,我从未觉得它在实际生活中有什么了不得的作用。它最大的贡献,无非是让我们能够把不得不做的事情,堂而皇之地说成是美德。哲学为我们提供了精神安慰,让我们在做自己根本不想做的事情时,显得格外心平气和,仿佛高尚到了极点。

爱情之事最妙的是节制。没有人能无休止地爱下去。如果爱情太过顺利,毫无阻碍,那么迎接你的必然是无可挽回的厌倦。最持久的爱情,莫过于从未得到满足的那一种。

我们今天所拥有的许多美德,毫无疑问要归功于基督教,但我们某些严重的缺点也是它带来的。自私本是人生存的天然动力,基督教却硬要将它视作罪恶,逼着人们去违背自己的天性,于是我们不得不变得虚伪。结果是,当我们出于本能行事时,心中充满罪恶感;看到别人这样做,心中又升腾起难以抑制的愤恨。倘若自私不被谴责,这世间恐怕也不会因此更糟;反而,每个人都会更加真实一些。

与人相处的黄金法则是,永远别向任何人索取超出他能力范围的东西,否则只会给自己和对方带来无穷麻烦。

...

人们相信上帝,并非因为理性或逻辑,而纯粹是情感使然。上帝的存在无法证实,也无法证伪。我个人是不相信有上帝的,并认为死去就是彻底的终结,尘归尘,土归土。然而我同样确信,也许有一天,自己会莫名其妙地相信起上帝来——那时,我的信仰依然会是情感所致,与我现在的怀疑一样缺乏理性依据。

如果你已经决定相信上帝,我实在不明白,你为何还要犹豫是否相信复活这种小事;毕竟,既然已接受了超自然的存在,便没理由对奇迹斤斤计较。事实上，天主教的奇迹与《新约》中的那些奇迹，论据一样充分，也一样令人难以置信。

宗教与真理之间的差别往往微不足道。当我想到，一个虔诚的基督徒若是出生在摩洛哥，就是伊斯兰教徒；若是出生在斯里兰卡，就是佛教徒。而在那种情况下，基督教对他，就像那些宗教对基督教徒而言，显然是荒谬不堪的。

（《作家笔记》1894年日记节选，标题为编者所加）

生活的答案不是纯粹的是或否，而是似是而非

人生与理想

我不相信有哪个人的人生真受其哲学支配；人们所谓的哲学，往往不过是自己欲望、本能与缺点的华丽辩护罢了。前几晚与 B 聊天，我问他关于他那套自鸣得意的人生哲学——一种专为自己的人生赋予意义而量身打造的理论。

他说，人生的最高目标莫过于展现个性，而实现这一目标的诀窍便是彻底放任本能，随波逐流，坦然接受命运与际遇的一切意外冲击。人最终便会像一块未经雕琢的石头，被命运之火逐渐淬炼成一尊精美绝伦的雕塑，以此为来世做好充分的准备。他因体内汹涌澎湃的爱之本能而深信永生的存在。爱，不论是精

神还是感官上的，都拥有净化之力。世界从不存在所谓的幸福，仅有短暂的片刻满足，而这种无尽渴求和永恒的缺憾，恰恰证明了不朽的存在。他否认自我牺牲的必要性，坚称一切努力的始终都为了自我完善，当然，偶尔的自我牺牲若有助于完善自身，他倒也不反对。

我于是故意戳了戳他敏感的神经，请他解释一下那随时随地都泛滥着的情感。他稍显恼怒，但仍耐心回答，他的确有强烈的情欲驱动，但真正深爱的，始终是某个完美的理想形象。他像雕塑家那样，从不同人身上攫取迷人的特质，这里一处优美曲线，那里一抹醉人笑容，最终凑成他心目中的理想偶像。

当然，顺应本能地活着，总难免牵涉到旁人。我忍不住质问 B："如果某人的本能驱使他去抢劫甚至杀人，他又做何解释？"他狡黠地回应道："社会认为这些本能有害，因此才会惩罚那些付诸行动的人。"

"可如果他的本能并未触犯法律，依然造成伤害呢？"我不依不饶地追问，"比如说，一个男人爱上了已婚女子，诱使她抛弃丈夫、孩子和他同居，而当他厌倦后，又轻率地将她抛弃了。"

他迟疑了一下，只能勉强说："好吧，我得承认，人只能在不伤害他人的前提下顺应本能。"

于是，他精心构筑的理论像沙子般散落一地。这种哲学，显然出自一个意志薄弱的人之口，无法与欲望抗争，只能如风中的羽毛一般飘忽不定。事实也正是如此。B 缺乏意志，毫无自律精神，在命运的小小刁难面前都束手无策。一支烟没了就能让他痛苦不堪。食物或酒的口味稍差，他便抱怨不停。一个阴郁的雨天就能打垮他全部的斗志，甚至微不足道的意见分歧也足以激怒他。他自私到对他人的感受漠不关心，唯一能维系他体面举止的，是他作为英国绅士的老派教养。他绝不会向穿越马路的朋友伸出援手，但当女士步入房间时，他永远记得起身致意。

...

你若贬低自己，人们便会迫不及待地夸奖你大度、大气、谦卑，可一旦他们真的信以为真，你就又会火冒三丈。

与你的聊天令人烦躁不堪,简直像一句拙劣的谚语,非要强行塞进一本名人名言中。

真相谁都能讲,但警句可不是人人都能写,当然,这并不妨碍在19世纪90年代[1]我们都跃跃欲试。

"你懂法语吗?"

"哦,你知道的,如果法国小说写得足够不正经,我倒还能读懂一些。"

伦敦的下层腔调:"你是个'美貌'的女人。"

"是啊,仅仅就'脚'而言吧。"

"你以前就这么说过了。"

"没错,我现在是'背地里'说的。"

---

1 在西方文化史中,19世纪90年代是一个承前启后的时期,一方面维多利亚时代晚期的保守风气依然存在,另一方面,现代主义的思潮开始萌芽。在这一时期的文学艺术领域,唯美主义、颓废主义等流派盛行,强调艺术的审美价值,追求感官享乐,反叛传统道德和社会规范。

"一个'美貌'的年轻人,长着一双'罗马船形的'眼睛,鼻子'顺便还歪了一下'。"

"我们的'礼拜日靴子'现在怎么样了?"

"你真'聪明'啊!你娘到底'生了几个'像你这样的?"

"没错,我'生'了十五个孩子,用了'仅仅'两个丈夫。"

"如果上帝认为'把你带走'合适,你家人会'多么感激'啊!"

"我这辈子'有过'两个丈夫,我'真心希望'在死前还能'再来一个'。"

"我真爱你啊,弗洛丽。"

"可怜的家伙,你一定'痛苦得不轻'吧!"

女人尽可以肆意作恶,但若她不够漂亮,那可是一点用也没有。

"哦,我真讨厌变老,所有乐趣都会消失。"

"但会有新的乐趣补上。"

"比如?"

"比如怀念青春。如果我年轻时碰上你这样的小伙子,多半会觉得你骄傲又讨厌,如今我老了,却觉得你魅力十足、风趣可爱。"

这句话到底是谁对我说的?或许是我亲爱的朱莉娅姑妈[1]吧。不管怎样,很高兴我当时觉得值得将这句智慧箴言记录下来。

...

那些夜夜笙歌、堕落放荡的纨绔子弟,却能在次日清晨八点准时出现在弥撒[2]现场,其中透着一种令人

---

1 朱莉娅姑妈(Aunt Julia),可能是毛姆虚构的人物,也可能取材于毛姆生活中的某位亲戚或朋友。
2 弥撒(Mass),天主教最重要的宗教仪式,纪念耶稣基督在最后的晚餐上建立圣体圣事。

愉悦的讽刺。

参加晚宴时，一个人应适当地享受美食，但绝不可贪食，应机智地谈吐，却千万不可过于聪明。

智力这把武器灵活多变，以至于拥有它的人实际上被剥夺了其他武器。但遗憾的是，当智力面对本能时，却显得软弱无力。

人类道德的演变史最鲜活地记录在文学作品中。作家，无论创作什么样的题材，都不可避免地折射出他们所处时代的道德观念，而这恰是历史小说的最大缺陷。历史小说里的人物，尽管行为符合史实，却总是戴着作家所在时代的道德面具。这种错位，显而易见却常被忽略。

人们时常慷慨地赈济饥饿的穷人，不过是为了让自己的饕餮盛宴免受良心的不安。

在极端激情的时刻，文明社会的约束会逐渐崩溃，人们便重新拾起原始而残酷的"以牙还牙"法则。

认为美德一定意味着自我牺牲，并且仅存在于这种牺牲之中，这是一种扭曲的观念。一个行为并不会仅因为它令人不快，就自动成为美德。

大多数人穷尽一生，唯一的成就不过是为自己的后代建造起屋舍，储备好粮食；而他们的后代来到世间，也不过是重复着与祖辈完全相同的乏味劳作。

一个人越聪明，就越容易被痛苦折磨。

如果女人在痛苦面前表现得不那么情绪化，这并不能证明她们忍受痛苦的能力更强，而恰恰证明她们所感受到的痛苦其实更少。

爱情归根结底不过是一种物种繁衍的本能，最好的证据是，大多数男人能爱上任何一个碰巧出现在他们身边的女人，如果无法得到第一个，他们很快就会把注意力转向第二个。

男人一生只爱一次，这种事罕见，它只证明一件事，那就是他的性欲可能不怎么强烈。

一旦繁衍后代的本能得到满足,那蒙蔽了爱人双眼的激情便迅速退去,留下的只有一个令人备感索然无味的妻子。

...

我始终不明白所谓抽象之美[1]到底是什么意思。

美,恐怕不过就是某种激起艺术家审美冲动的东西罢了。今天艺术家觉得美的东西,十年之后,连寻常路人都会觉得顺眼。不久之前,人们还信誓旦旦地说,再也没有比滚滚浓烟的工厂烟囱更丑的景象了,可偏偏就有那么几个离经叛道的画家,从中嗅到了艺术的芬芳。他们起初自然是被人嘲笑的对象,但不久,那些嘲笑他们的人却争先恐后地赞美起他们的画来,甚至连那工厂的烟囱也逐渐显出了迷人的气质。如今,你若是说工厂烟囱带来的愉悦与遍野繁花毫无二致,连最迟钝的人也不会觉得惊奇了。

---

[1] 抽象之美(abstract beauty),与具象美相对,指不依赖于具体形象,而是通过形式、色彩、线条等抽象元素来表现的美,是一种更为主观和概念化的审美范畴。

人们总是热衷于追问诗人和艺术家的私人生活，但与其关注那些风流韵事，不如惊叹于他们妙语连珠的本事。生活中的琐碎凡俗，经他们一描绘，竟然比真实发生时精彩百倍。似乎并不是生活赋予了他们意义，而是他们的妙笔赋予生活以意义。

人类对于自己在自然界中的位置抱有荒唐而顽固的误解，而最糟糕的是，这种误解几乎是无法纠正的。

善良要是能不那么笨拙就好了！

哲学家就像一个辛苦爬山的人，本想观赏日出的美景，结果登上顶峰，只看到一片灰蒙蒙的雾霭，于是又狼狈地下了山。如果他足够诚实，决不会告诉你雾气朦胧的景象有多么壮丽。

情绪是对付宗教最有效的武器。归根结底，一个人信与不信，决定因素无非是各自情感的差异；至于那些论据，充其量只是用来掩饰这种差异的花言巧语罢了。

那些为世俗而活的人，自然渴望得到世俗的赞许。

但若是一个人仅仅为自己而活,他就既不会期盼世俗的喝彩,也不会为世俗的责难所累。毕竟,当他对张三、李四、王五都漠不关心时,又怎么会在意他们的闲言碎语?

巨大的喜悦,其实和巨大的悲伤同样难以承受。真正值得羡慕的,是那些天生迟钝的人,因为他们既不会为狂喜而迷乱,也不会为悲伤而绝望。幸福总带着一丝苦涩,痛苦却干净彻底,从不掺杂任何多余的滋味。

世上没有什么比一个教养良好的女人的内心更愤世嫉俗的了。

无论男女之间的同居关系被社会习俗包装得多么体面,最终往往只能让男人变得比原先更加小气,更加卑鄙,更加琐碎。

男人理想中的女人,永远是那个睡在七层床垫上还能被一颗干豌豆硌得睡不着的童话公主。毕竟,男人多少都有点惧怕那些神经粗壮如麻绳的女人。

如果你略懂些生理学的皮毛,你对女性性格的认识，便能胜过所有哲学家的满腹经纶。

一个女人倘若不能适应男人眼中"女人该有的样子"，她的一生注定不会轻松。

没有什么能比爱情更彻底地颠覆一个人的观念了。因为新的观念多数并非理性思考的结晶，而是新鲜情欲与激情的副产品。

人类至少一半的烦恼，都源于执着地想用"是"或"否"来回答生活中的每个问题。然而生活的答案往往既不是纯粹的"是"，也不是绝对的"否"，每个答案都带有那么一丁点儿似是而非的暧昧。

…

每当脑海中冒出一个新鲜的念头，一个新的视野在我面前展开时，我便仿佛得到了一场精神的洗礼。我从凡俗的尘嚣中抽离，暂时飘升到精神的蔚蓝之上，烦恼尽皆远离，宛如在云端漫步。

当我细察自身时，有时会疑惑不已，因为我意识到，自己体内其实寄居着好几个完全不同的人，而此刻当家做主的那位，迟早会被另一个毫不相似的家伙赶下台。究竟谁才是我？也许每个人都是我，也许没有一个是真正的我。

只要我身上还有这样或那样的谬误和偏见可供清理，生活对我而言，就永远不会变得乏味。摧毁那些自幼年起就被灌输的偏见，本身就是一种绝妙的消遣。

人生的大多数灾难，都来自人们执意违背自己的直觉去做那些自己并不喜欢的事情。

很少有人意识到，一个为了崇高目标冒雨坐在户外的人，与一个醉酒后晕倒在户外草坪上的醉汉，同样可能患上风湿病——事实上，前者患病的可能性甚至更大。

（《作家笔记》1896年日记节选，标题为编者所加）

我是一个三流作家,就该将内脏暴露在人群中吗

写作与生活

当你坠入爱河时,如果得到的回应仅仅是友谊,或许有一点暧昧,但那又有什么用呢?那就像死海的果子[1],哽在喉咙里,难以下咽。

在过去,只要能和她在一起,默默地散步,谈论最无关紧要的事情,就已经足够了;但现在,当沉默降临在我们之间时,我绞尽脑汁地想要找到些什么可说,而当我们交谈时,我们的对话听起来却显得勉强而不自然。我感到与她独处时,令人尴尬。

---

1 死海的果子,传说中生长在死海附近的果树,果实外表美丽,但内部空虚,充满灰烬,象征着虚假的、令人失望的事物。

哎，男人认为，女人的三大义务：第一是漂亮，第二是穿着得体，第三是永远不要反驳。

...

人越老，就越沉默寡言。

年轻时，恨不得向世界倾吐衷肠；对他人怀有强烈的认同感，想要投入他们的怀抱，并且感觉他们会接纳你；想要向他们敞开心扉，以便他们能够接纳你，想要深入和融进他们的内心；你的人生似乎要溢出到他人的人生之中，并与他们融为一体，如同江河之水最终汇入大海。

但渐渐地，你曾感受到的那种力量，离你而去。一道屏障在你和同伴之间升起，你意识到，他们对你而言，终究是陌生人。

于是，或许你会将所有的爱，所有扩展自身的能力，都倾注在一个人身上，仿佛在做最后的努力，想要将你的灵魂与他的灵魂融合在一起。

你用尽全力将他拉向自己，试图彻底了解他，并被他彻底了解，直至灵魂深处。

然而，你逐渐发现，这一切都是不可能的，无论你多么热烈地爱着他，无论你与他多么亲密地联系在一起，他于你而言，永远都是一个陌生人。即使是最恩爱的夫妻，也无法真正了解彼此。

于是，你退回到自己的内心世界，在沉默中构建起一个属于自己的天地，并将其隐藏起来，不让任何活着的灵魂窥见。即使是对你最爱的人，你也守口如瓶，因为你知道，他不会理解。

有时，你会感到愤怒和绝望，因为你对你所爱的人，竟然如此一无所知。你为无法理解他们，无法真正深入他们的内心深处而感到心碎。有时，在偶然的情况下，或是在某种情感的驱动下，你会瞥见他们内心深处的自我。当你意识到自己对那个内在自我的无知，以及它与你之间的遥远距离时，你会感到绝望。

当两个人谈论某个话题，突然陷入沉默时，各自的思绪便会朝着不同的方向飘散。过一会儿,当他们再次开口交谈时,就会发现,彼此的想法已经产生了多么巨大的分歧。

人们说人生苦短;对于那些回首往事的人来说,人生或许显得短暂;但对于那些展望未来的人来说,人生却又漫长得可怕,仿佛永无止境。有时,你会感到自己无法忍受。为什么不能一睡不醒,永永远远地不再醒来?那些能够展望永恒的人,他们的人生该是多么幸福啊!一想到要永远活下去,就令人毛骨悚然。

世界如此之大,以至于个人的行动,显得无关紧要。

你真是老气横秋!我感觉你的观察,应该用一撮撮鼻烟[1]来加以强调。

无法表达自己,总是不得不将自己的情感深藏心

---

[1] 鼻烟(snuff),一种研磨成粉末状的烟草制品,通过鼻腔吸入。在过去,使用鼻烟被认为是一种老派而略显迂腐的习惯,此处用"鼻烟"来形容对方的语言风格,暗示其观点陈腐、守旧,缺乏现代气息。

底，这真是太可怕了。

难道我是一个三流作家[1]，就该将我血淋淋的内脏暴露在大庭广众之中吗？

如果在结婚的第一年，能够体面地解除婚姻关系，那么，五十对夫妻中，恐怕连一对都不会继续维持下去。

读者们并不知道，他们花半小时甚至五分钟读完的段落，却是作者用"心头血"熬出来的。那些让他们感觉"如此真实"的情感，作者曾经历过无数个痛苦流泪的夜晚。

人类的悲伤，与人类的心灵一样广阔无垠。

有些人，当你对他们说"你好吗？"时，他们会回答说："很好，谢谢。"他们该有多么自负，才会认为你真的会在意他们的状况！

---

1 三流作家，毛姆常自嘲为"三流作家"，暗示自己不愿像那些渴望成名的作家一样，为了博取关注而过度暴露个人情感。

对于大多数人来说,最难过的事情之一,是突然意识到自己并非身处宇宙中心。

苏格兰人[1]似乎认为,自己是苏格兰人,是一件值得骄傲的事情。

(《作家笔记》1900年日记节选,标题为编者所加)

---

1 苏格兰人(Scotchmen),指苏格兰民族。毛姆此处带有一定的地域刻板印象,暗示苏格兰人可能有一种民族自豪感,甚至有些自负。此处带有调侃和幽默的意味。

每代人都认为掌握了真理,历史却悄悄一个个推翻

我不信上帝,真高兴

生命的终结,就像在黄昏里读一本书。最初你全然沉浸其中,丝毫未觉光阴流逝;突然之间,书页上的字迹变得难以辨认,你抬起头来,才发现暮色已然降临,黑暗无声地吞噬了一切,再也看不清那些刚才还意味深长的字句了。

时至今日,严肃的作家们为追寻一个精准的形容词,往往苦苦挣扎、穷尽心力,却无异于在干草堆中寻找一枚不存在的针。杰里米·泰勒[1]却从未如此费神,

---

1 杰里米·泰勒(Jeremy Taylor),英国圣公会牧师、作家,17世纪英国文坛的重要人物,以其优美的文笔和宗教著作而闻名。《圣洁之死》(*Holy Dying*)是其代表作之一。

他总是欣然接受脑海中浮现的第一个词。用以描绘海洋的形容词不可胜数,但任何自诩风格大师的人都应竭力避免落入"蓝色"的俗套。然而,这平庸之词恰恰令泰勒欢欣鼓舞。

他的文笔,既无弥尔顿[1]那样的凌厉锋芒,也不具备将名词、形容词、副词与动词巧妙地编织成诗一般惊艳语句的魔力。他缺乏惊人的想象力与大胆的创意,满足于走熟悉的老路,用最普通的词汇表达最平凡的思想。然而,这种平凡倒也不无可爱之处。他笔下的世界散发着田园牧歌式的温情,即便技巧粗浅、文句笨拙,也自有一种率直而迷人的诚意。他的风格,仿佛在提醒世人:我们或许无法让世界变得更美,但至少可以尝试让它看起来更美。

K曾说,通过一个人的书架,可以最迅速、最精准地进入他的内心世界。大部分人所度过的平凡生活极少能满足他们内心的冒险冲动,因此只好退而求其

---

[1] 弥尔顿(Milton),即约翰·弥尔顿(John Milton),英国诗人,代表作包括史诗《失乐园》(*Paradise Lost*)。弥尔顿的文风雄浑壮阔,气势磅礴,语言精炼,富有力量感。

次,在书本中体验一种虚构但更加真实的人生。

若问 K 哪些书对他影响最深,他或许一时语塞。这看似愚蠢的问题却并不那么愚蠢,大多数人的回答无外乎《圣经》和莎士比亚,有时出于虚荣,有时则害怕自己的回答太过特立独行,会显得自作聪明。

至于 K 本人,他定会有些自鸣得意地列出如下作品:《萨蒂利孔》[1]与纽曼的《为自己辩护》[2]并驾齐驱,阿普列乌斯[3]与沃尔特·佩特[4]难分伯仲,乔治·梅瑞狄

---

[1] 《萨蒂利孔》(*The Satyricon*),古罗马作家彼特罗尼乌斯·阿尔比特(Petronius Arbiter)的著名小说,以其讽刺、幽默和描写社会风俗的内容而著称。

[2] 纽曼(Newman),即约翰·亨利·纽曼(John Henry Newman),英国神学家、哲学家、红衣主教,牛津运动的领袖人物之一。纽曼的思想对宗教哲学和文学都产生了重要影响。《为自己辩护》(*Apologia Pro Vita Sua*)是其自传体作品,记述了纽曼的宗教信仰历程,以及他从英国国教向天主教的转变。

[3] 阿普列乌斯(Apuleius),古罗马作家,以其小说《金驴记》(*The Golden Ass*)而闻名。《金驴记》是一部充满奇幻色彩和讽刺意味的作品,被誉为早期魔幻现实主义文学的先驱。

[4] 沃尔特·佩特(Walter Pater),英国作家和评论家,唯美主义运动的代表人物之一。佩特的文风以辞藻华丽、感官细腻、追求形式美而著称,对毛姆的早期创作产生过影响。

斯¹,《论教会政治的法则》²、杰里米·泰勒、托马斯·布朗爵士³,以及吉本⁴。他钟情的是华美的文风,热衷于珍贵而稀有之物。当然,他是有点愚蠢——聪慧博学而又略显愚蠢的人,总是格外讨人喜欢。

他觉得自己仿佛站在幽深的峡谷中,于正午时分看见群星闪烁,而那些站在阳光下的人却浑然不觉。

在他看来,唯有聚集生命全部的激流,才能稍解他内心那不可名状的焦渴。

---

1 乔治·梅瑞狄斯(George Meredith),英国小说家和诗人,维多利亚时代后期现实主义文学的代表人物之一。其作品以心理描写深刻、语言风格独特而著称。

2 《论教会政治的法则》(*Of the Laws of Ecclesiastical Polity*),理查德·胡克(Richard Hooker)的代表作,是英国神学和政治哲学的重要著作,系统阐述了英国国教的理论和实践。

3 托马斯·布朗爵士(Sir Thomas Browne),英国作家和医生,以其博学多才和风格独特的散文作品而闻名。《医生的宗教》(*Religio Medici*)是其代表作之一。

4 吉本(Gibbon),即爱德华·吉本(Edward Gibbon),英国历史学家,以其巨著《罗马帝国衰亡史》(*The History of the Decline and Fall of the Roman Empire*)而闻名。《罗马帝国衰亡史》以其宏大的叙事、严谨的考证和优雅的文笔而著称。

这是一个明智而审慎的判断。

...

当他怒火中烧时，总是一本正经地称之为"义愤"；一旦有人触犯了他的底线，他立刻给自己的恼怒镶上一圈金边，堂而皇之地称之为"正义的愤慨"。

...

我不信上帝，真高兴。因为当我看到这个世界的痛苦与荒谬时，我便觉得，再没有什么比拥有某种信仰更为可耻。

...

文明若是太过精致，会不会反过来成为自己的墓志铭？历史上，每一个登峰造极的文明，最终都走向了衰败。一个民族一旦细腻到不忍心争斗，往往会被那些粗鄙、野蛮但活力充沛的对手取而代之。希腊人的美学被罗马的战斧砸得粉碎，法国的优雅曾在德国的铁蹄下瑟瑟发抖。艺术家倒在庸人的脚下，思想家被愚昧之徒取代。由此可见，缺乏教养的粗俗，或许才是更可怕的竞争优势。

...

加拿大人、澳大利亚人和新西兰人之于英国人，犹如苏格兰人之于英格兰人——总隐隐透着一丝优越感。他们在更严酷的环境中求生，自然选择赋予了他们更强健的体魄与更敏锐的直觉。他们不擅长分析，却比我们这些自诩文明的民族更果断坚韧。他们的道德观和世界观往往落在种族的整体福祉上，而非个人的琐碎利益。他们或许难以培养出一大批才华横溢的个人，但塑造了一个更加强大、更加鲜明的民族性格。

...

人类唯一真正有效的改良手段，就是冷酷无情的自然选择，而这一过程必然伴随着对不适者的淘汰。所有那些自诩高尚的保护弱者的方式——教育盲聋哑人、照顾病弱者、关怀罪犯与酗酒者——实则只是以善良的名义，温柔地推动着人类走向退化。

...

理性最终无法抗拒地站在自然选择一边。倘若进化法则对所有生物都适用,唯独在人类这里破例,这未免太过自欺欺人。若人类真要坚持理性至上,就该承认自己也逃不过进化的铁律:适者生存,不适者淘汰。

...

所谓的"善",归根结底,不过是人类自恋本能的延伸。每个部落都倾向于把自身的习惯美化为道德,把自己的相貌定为审美标准——毕竟,人类的道德观,不过是自我欣赏的一种高级形式罢了。

...

自然选择的全部意义似乎只有一个:繁衍后代。倘若生命的唯一使命是不断制造更多生命,那我们的文明、道德与哲学,又究竟算得上什么?若整个宇宙的伟大意义,仅仅是为了填满更多的婴儿床,那它可真是幽默到了近乎荒谬的程度。

...

伦理道德就像时尚的帽子款式,时代不同,流行的标准也会变化。今天被奉为圭臬的美德,到了下一代可能成了愚蠢的笑柄。所有道德规则,本质上不过是某一时期最符合主流利益的社会契约罢了。

...

道德,其实是社会用来操控个体的巧妙工具。它奖励那些有利于群体存续的品质,进而说服个人心甘情愿地服从集体利益。至于个体与群体的根本利益冲突——道德的高明之处,正在于让人对此毫无察觉。

...

自从人类发现自己并非宇宙的中心,就一直隐隐不爽,像个刚刚得知圣诞老人并不存在的孩子。过去的尊严轰然坍塌,他们至今仍耿耿于怀,试图找回那份失落的特权。

...

人们高谈阔论"真善美"是"自在之目的",却忘了它们只是相对的概念。每一代人都自信地认为自己掌握了绝对真理,而历史只是冷眼旁观,然后悄悄把他们一个个推翻。

...

论及人类最重要的感官,味觉或许才真正配得上至高无上的地位。你可以没有艺术修养,但若失去了胃带来的乐趣,生活便立刻失去了意义。从进化角度来看,人类最重要的器官,恐怕不是所谓的理性大脑,而是胃和生殖系统。

...

宗教徒自诩远离世俗享乐,其实不过是把享乐推迟到一个更安全、更永恒的地方。他们牺牲了现世的快乐,以换取天国的幸福,但天堂的想象,往往流露出一种令人难以忍受的庸俗。

...

即便是最虔诚的宗教情感,背后也潜藏着自我满足的成分。人们行善,多半是为了享受道德自恋的愉悦——而这种愉悦,未必比感官的欢愉更高尚。

...

人类为了爱上帝所做的恶事,往往比因憎恨而犯下的罪行更加可怕。

...

美貌,不过是性吸引力的巧妙包装。一个种族将自身的特质放大,男性为其骄傲,女性则以此为美。然而,一旦族群特征发生变化,昔日的美人便成了过时的笑话。今天让人惊艳的曲线,到了明日可能只会让人惋惜她的健康状况。

...

人们谈论艺术时,总是一副什么都懂的样子,仿佛自己没听说过的东西必然毫无价值。然而，艺术的本质远比他们愿意承认的更加混乱——它的起源，往往杂糅了性欲、模仿、游戏、厌倦、习惯、喜新厌旧，以及一大堆想要提升快乐、减少痛苦的微妙算计。如此杂乱无章的东西，竟然还有人一本正经地试图用定义框住它，真是令人啼笑皆非。

…

人生的残酷之处在于，它不提供彩排，每一个错误都是现场直播。那些最关键的决定，往往在你最缺乏经验时做出，而你在这些错误中学到的东西，最终只能在毫无意义的地方派上用场。回首往昔，曾经犯下的种种荒唐之错，实在让人不寒而栗——居然能在无关紧要的小事上消耗殆尽，而在最重要的抉择上彻底迷失方向。就这样，几年光阴不知不觉地被浪费个干干净净。

…

偶尔深夜，我会拷问自己：今天到底干了些什么？有什么新鲜的念头或卓见？是否体验过值得铭记的情绪？今日之我，可有哪怕一丝与昨日不同之处？然而，答案几乎不变，令人沮丧得近乎可笑——乏善可陈，平庸无聊，毫无价值。

...

道德学家总喜欢宣称，履行责任能带来幸福，仿佛这能成为一种激励。而责任，不过是法律、舆论和良心共同施加的枷锁。这三者单独来看，似乎微不足道，合在一起，却成了一股不容违逆的力量。有趣的是，这力量有时也难免狼狈——法律与舆论常常背道而驰，比如欧洲大陆曾盛行的决斗；而舆论本身更是风向莫测：有人赞同的，必有人反对，军队、教会、商界各有各的"圣经"，彼此不屑一顾。

...

基督教神学家最值得骄傲的发明，恐怕非罪恶感莫属。这东西像乌云一般，常年笼罩在信徒的头顶，让他们战战兢兢，以至于人生中难得有片刻真正的轻松。他们坚持认为，不知罪，人性便不完整。但罪究竟是什么呢？不过是某种让良心感到不安的行为。而良心又是什么？不过是做完某件事后产生的一种担忧，害怕别人（或者上帝）不太满意。

...

社会制定规则，不过是为了自我保护，而非出于仁慈。个人对社会本无任何天然义务，他唯一需要考虑的，无非是被抓住的风险。他当然可以随心所欲，但若损害了社会的利益，社会加诸惩罚，他也无可抱怨。然而，真正有趣的是，比社会的法律更令人生畏的，竟然是良心这回事。它在每个人心中安插了一名无处不在的警察，就算在最隐秘的角落，也能让你心虚不安，生怕自己违背了社会的规矩。

...

宗教与科学之间最令人忍俊不禁的区别在于：前者坚称每个灵魂都无比重要，而后者却坚持认为，人类不过是宇宙尘埃，和路边的杂草无甚区别。

...

世上最反复无常的东西,莫过于良知:一个时代的人会因漏做某事而夜不能寐,另一个时代的人却可能因做了同样的事而抱憾终生。

...

人们喜欢将常识奉为伦理的圭臬,殊不知,若用理性之光稍加审视,便会发现这位道德之神实在过于随性,时常自相矛盾,令人哭笑不得。不同阶级的观点针锋相对尚属寻常,但更诡异的是,即便是同一群体,乃至同一个人,也常常能给出截然相反的忠告。

...

所谓常识,不过是未经深思熟虑的思维习惯,戴着一顶优雅的帽子罢了。它由童年时期的误解、性格中的偏见,以及昨日报纸的社评精心拼凑而成。

...

常识总是自诩正义和无私,其实不过是伪装得巧妙的利己主义。当你问它,是否应该克制享乐,直到世间再无贫困与苦难,它倒是立刻表现出惊人的坦率:"当然不!"

...

若要谴责感官享乐,就请彻底一点。假如你痛斥口腹之欲或性欲,那也应当连同人们对温暖、舒适、运动、艺术,甚至自然美景的贪恋一并摒弃。倘若你只敢谴责前者而对后者讳莫如深,那你针对的显然不是享乐,而是某种特定的弱点,这与虚伪无异。

...

智慧难称美德,它更像是一种上天对少数人的偏爱。倘若智慧果真是道德的前提条件,那绝大多数人恐怕都只能听天由命,注定一败涂地。

...

直觉主义者坚称,道德之中存在绝对真理,这实在令人啼笑皆非。毕竟,直觉因时代、地域乃至邻里之间的不同而变幻莫测。今天它驱使你去杀人,明天它又让你对杀人的念头感到恶心。所谓"神圣的直觉",充其量不过是童年时代被灌输的偏见,加上邻居喋喋不休的耳提面命。它与广告无甚区别——只要你反复听到"梨牌肥皂对皮肤好",你最终会对此深信不疑。

...

真正的享乐主义者必须明白:刻意追求幸福,无异于刻意失去幸福。只要你还带着自我意识去捕捉快乐,快乐就必然嘲弄般地远走高飞。

...

欲望起初宛如甘露,令人陶醉,可一旦过度,便成了折磨人的魔鬼。这时,人们渴求的已不是满足欲望,而是彻底摆脱它。那些被激情灼烧得痛苦不堪的人,甚至会杀掉自己最深爱的人,以求挣脱欲望的牢笼。

...

饥饿最能揭示欲望的本质:适度时令人愉悦,过度时便蜕变成彻头彻尾的折磨。最初,人们期待一顿佳肴,但当饥饿达到极限,他们只渴望结束这种痛苦,美味早已不在考虑范围之内。

...

世上最荒唐的论调,莫过于"痛苦能使人升华"。痛苦不过是身体发出的求救信号,宣称它能培养高尚品德,就好比认为警铃能提升火车的性能一样荒谬。事实上,痛苦并不会让人更高贵,只会让人变得更加自私、抱怨和粗鄙。去医院病房里听听那些因病痛而怨声载道的人,你能从他们身上找到哪怕一丝美德?至于贫困,更是人性堕落的催化剂——饥寒交迫之下,人们往往不得不变得贪婪、狡诈,甚至卑鄙无耻。

...

对普通人而言，人生最安全的策略，无非是顺从本能，并谨慎地在社会准则的边缘游走罢了。

...

我愿意将人生视作一场国际象棋游戏，其初始规则不容置喙。没有人会追问，为何骑士偏要绕个弯走"L"形，为何车只能笔直冲锋，而象则执意斜行。这些规则生来如此，理当接受，游戏也只能在这些规则下进行：抗议规则无非是对着棋盘自言自语，既不会让棋局更公平，也不会让自己赢得更多。

...

伦理学从来不是脱离世界的冥想游戏，而是自然研究的一部分。人必须先在这幅宇宙地图上找到自己的坐标，才能谈得上如何行动——否则，就像一个没搞清方向的旅人，地图在手，却只会原地打转。

...

将人类的存在赋予某种崇高目的，听上去庄重，实则荒唐。这和中世纪学者的逻辑别无二致——他们深信天体必须沿着圆轨道运行，因为圆是最完美的形状。然而，宇宙并不在意"完美"这回事，它只是按照自己的方式冷漠地运转。

...

回顾亚里士多德学派对哥白尼体系的古老质疑，不禁让人莞尔。他们曾认真地问道：最外层行星与恒星之间那片广袤无垠的虚空，到底有什么用处？这问题的荒谬之处在于，他们竟然默认一切都该有"用处"。如果宇宙需要向人类证明自己有意义，那它可真是累坏了。

...

凡是普遍存在于人类身上的东西，都不会是邪恶的。许多伦理体系的问题在于，它们随意地将某些人性倾向贴上"善"或"恶"的标签,仿佛在审查一本不合时宜的小说。如果人类从未将性本能的满足视作罪恶,那幸福恐怕早已多得让人无从珍惜。真正的伦理体系应该找出那些普遍存在于所有人身上的品质,然后宣告它们"合情合理"。

...

人们所称颂的行为,往往是那些能令自己受益的行为,哪怕只是部分受益。但他们也乐于赞叹一切壮丽而富有戏剧性的举动——无论它是否真正有益,只要足够华丽,足够能点燃想象力,他们都会奉上一声惊叹。

...

人们未必时时刻刻有意识地追逐快乐,但这并不妨碍快乐成为所有行动的最终归宿。一个人可能不会在每日清晨默念:"今天我一定要快乐!"但他的一举一动,归根结底还是奔着快乐去的,只是有时他自己也没察觉。

...

从理论上讲,国家的权力没有上限,唯一的约束来自对革命的恐惧。它可以接管一切比个人更高效运营的事务,而个人只被允许经营那些国家懒得管,或者私欲比政府贪婪更能优化成本的产业。国家最好记住曼德维尔的格言:"私人的恶习乃是公共的福祉。"[1] 这听上去道德上不太体面,但现实中往往成立。

...

"自由的权利"听上去崇高无比,但它的存在前提是国家愿意承认它的价值。换句话说,自由不是天赋,而是一种政治许可。

---

1 曼德维尔(Mandeville),即伯纳德·曼德维尔(Bernard Mandeville),18世纪荷兰裔英国哲学家、讽刺作家。"私人的恶习乃是公共的福祉",这句悖论是曼德维尔最著名的思想观点,出自他的代表作《蜜蜂的寓言》(*The Fable of the Bees*)。他通过这一悖论探讨个人自私的动机如何在无意中促进社会整体的繁荣和发展,这一悖论引发了广泛的讨论和争议。

...

道德,在个体层面,只是个人满足感的表达,它更像一种审美问题,而非普世真理。

...

根本不存在什么所谓的道德责任。就其本质而言,一种行为方式与另一种方式并无高下之分。唯一的伦理标准是国家的福祉,而个人与国家的关系,无非是一场心照不宣的交易:个人按规则行事,以换取国家提供的便利——但前提是,这场交易对国家也有利。

...

即便四千万人异口同声地说出一件蠢事,它也不会因此变得明智。但若有智者站出来驳斥他们,蠢的往往会是这位智者自己。

...

宇宙不需要目的,人类亦然。一切都是相对的,没有什么是确定的。道德是国家制定的,而国家是全能的。强权即公理。

...

进步究竟有什么好处?日本人采纳了西方文明,这对他们而言是福是祸?住在森林边缘的马来人,或者栖息在南洋岛屿上的卡纳卡人,难道就不如伦敦贫民窟的居民幸福吗?这一切终究走向何方?又有何意义?老实说,我也不知道答案。

...

快乐是短暂的,这并不能证明它是邪恶的。毕竟,人类尚未发现任何真正永恒的东西。

...

认识到个体意识的根本孤立性,是一种有益的顿悟。除了我们自己的意识,我们对其他意识都缺乏确凿的证据。我们只能通过自身的经验去推测世界。因为他人的行为与我们相似,我们便误以为他们的思维也与我们相同——然而，当发现事实并非如此时，我们总会感到惊讶。年岁渐长，我愈发意识到，人与人之间的差异之大，远超我曾经的想象。我几乎要相信，每个人都是一种独特的生命样本。

…

要证明快乐是人类行为的最终目标，并不困难。只不过，"快乐"这个词，在清教徒耳中显得可疑，于是他们宁愿谈论"幸福"。然而，幸福不过是持续的快乐状态。如果快乐该被谴责，那么幸福也难逃此劫——毕竟，如果组成直线的每个点都是邪恶的，你就不能合理地称整条直线为善。

当然，快乐不必仅限于感官的满足。可惜，对于普通人而言，审美的愉悦、创造的满足、想象的乐趣，与直接生动的感官享受相比，实在太过苍白无力，以至于当他们听到"快乐"这个词时，根本不会想到前者。

…

有些人，如歌德，认为和谐是生命的终极意义；

另一些人，如沃尔特·佩特，则将美视作人生的目标。然而，当歌德劝诫人们培养自身所有能力、完整地体验人生时，他实际上是在鼓吹一种坦率的享乐主义。

无可否认，一个人越是充分发展自身，便越能获得更大的幸福。至于把"美"奉为人生的终极目标，未免太过脆弱——这是一种只适用于风和日丽的信条，在任何真正的风暴面前，都显得苍白无力。拉结[1]曾为她的孩子们哭泣，不肯接受安慰，而那一天的太阳，依然无动于衷地落入地平线。

…

约翰·亨利·纽曼在《为自己辩护》的注释中写道："人们宁愿在良知的认可下犯错，也不愿仅凭理性判断而正确。"这句话精准地揭示了良知的力量：它不一定正确，却总能战胜一切逻辑。

---

[1] 拉结（Rachel），《圣经·旧约》中的人物，雅各的妻子，因失去孩子而悲痛欲绝，不肯接受安慰，常被用作悲伤的象征。

...

神学家断言,科学终将抵达某道屏障,在那里,它不得不面对自己的无能。但宗教又能好到哪里去呢?德尔图良[1]早在宣称"正因荒谬,我才相信"时,便已露出了破绽。毕竟,若真理能够堂而皇之地自证,何必借助荒谬来加固信仰的城墙?

...

倘若宗教的职责在于引导人们行善,而非拘泥于繁琐的教义细节,那么,每个人最好还是信仰自己恰好降生于其中的那门宗教。若果真如此,传教士们大可不必千里迢迢奔赴印度和中国,去劝化那些早已拥有信仰的民众。毕竟,本土宗教早已兢兢业业地履行着自己的职责。诚然,印度未必有多少人能达到印度教所设定的道德水准,中国的佛教徒也未必都修得正

---

[1] 德尔图良(Tertullian),即昆图斯·塞普蒂米乌斯·弗洛伦斯·德尔图良(Quintus Septimius Florens Tertullianus),约公元2—3世纪的北非神学家、教会作家,以其名言"正因荒谬,我才相信"(Credo quia absurdum est)而闻名,表达了信仰的非理性本质。

果，但这似乎不能成为干涉他们的正当理由。

还是说，传教士们深信，上帝会将所有不认同他们那一套特定信仰的人，通通打入永世的苦难？若真如此，也就不难理解，为何当你随口一句"我的老天"时，他们会觉得你是在诅咒发誓——毕竟，在他们看来，这位"老天"实在是个急躁易怒、不容分说的存在。

...

如果有人能证明，对死亡的恐惧不过是一种欧洲病，那倒是件相当有趣的事情。不妨观察一下，东方与非洲的民族在面对死亡时，所展现出的那份处变不惊的镇定——他们显然不像欧洲人那样，为此而寝食难安，日日焦虑。

...

所谓"完美"，似乎不过是对环境的绝对适应。环境却是不断变化的。如此说来，完美也就永远只能是暂时的,一如冬日的霜花,美则美矣,但转瞬即逝。

...

在人类内心深处,始终盘踞着一种根深蒂固的信念——变革是邪恶的。这一点在孩童与未开化之人身上尤为明显。他们的需求极其有限,衣物昂贵而耐穿,技艺简陋且持久不变,因而,保守主义几乎成了唯一的生存策略。然而,人性之中也同样潜藏着对变革的热爱,哪怕这种热爱往往无关理性,仅仅是为了改变而改变。在文明社会里,这种冲动最终会战胜旧有的恐惧——毕竟,文明人手握着种种便利:服饰因廉价制造而推陈出新,环境因交通发达而不断更迭。世界在变,他们也就乐得随波逐流。

...

同一句话,绝不可能对两个人产生完全相同的效果。同样的词语,在不同人的头脑中唤起的第一印象,也总是千差万别。语言既是沟通的桥梁,也是误解的深渊。

...

从未有人证明过阿波罗[1]或阿芙洛狄忒[2]并不存在。对他们的信仰之所以消亡,仅仅是因为它不再符合时代的智识标准罢了。真相总是如此——神祇不会死去,只是逐渐失去信徒。

...

人类的尊严,往往不过是他们自说自话的产物。出于无与伦比的虚荣心,人类一向乐于将世间一切最美好的品质归于自身——这多少令人想起那些小国的统治者,他们总喜欢在官方场合自诩为"大地之主,太阳之兄弟",好像宇宙因他们而转动。

---

1 阿波罗(Apollo),希腊神话中的太阳神、光明之神、艺术之神。
2 阿芙洛狄忒(Aphrodite),希腊神话中的爱与美之女神。

...

对时代观念抱持怀疑态度,通常是一种明智之举。那些在过去几个世纪里被奉为圭臬、证据确凿的观念,如今看来,往往荒唐可笑。而我们今天所深信不疑的理念,谁又能保证,它们不会步前者的后尘?它们或许并不比十八世纪关于"人类原始完美"的假说更接近真理,只是我们还未意识到它们的可笑之处罢了。

...

他们当时正在谈论 V. F.[1],一位他们都熟识的女子。她出版了一本情感炽热的诗集,显然不是写给自己丈夫的。想到她竟然在丈夫眼皮底下,长年累月地维系着一段风流韵事,众人忍俊不禁。他们最感兴趣的问题是:当她的丈夫最终读到这些诗时,心里究竟做何感想?

---

1 V. F.,即弗吉尼亚·伍尔夫(Virginia Woolf),英国现代主义作家和女性主义先锋。此处毛姆提及的可能并非真实事件,而是一种文学创作的虚构。

这个逸事给了我创作一个故事的灵感。而我最终在四十年后才写就了这个故事，它的名字叫作《上校的夫人》(*The Colonel's Lady*)。

…

美德的排序，总是依据它们对社会的功用而定。勇敢因此被置于审慎之上。人们称赞一个毫无必要地冒生命危险的人是"好样的"，可事实上，他不过是个有勇无谋的莽夫罢了。勇敢之中蕴含着慷慨，而审慎往往带着一丝狡猾，甚至是怯懦。至于酗酒这种缺点，由于它对公共福祉的影响并不那么直观，人们的态度就显得有些暧昧不清。至少在英国，酗酒不仅不见得会遭到谴责，甚至还可能成为一种谈资——人们往往会沾沾自喜地告诉你，他们昨晚喝得烂醉如泥。只有当酗酒给他人带来不便时，它才会被指摘。毕竟，人们总是倾向于宽容那些他们能够从中获利的恶习——浪荡子可能挥霍光阴与金钱，但他们依然被称为"好伙计"，即便是最苛刻的评价，也不过是"他是自己最大的敌人"。

...

每一代人都会感叹，前一代比自己更有活力、更有德行。无论是希罗多德[1]的史书，罗马共和国晚期的作家，还是蒙田[2]，乃至我们当代的作者，都在孜孜不倦地哀叹世风日下，人心不古。可事实并非如此——变的只是习惯，而非人性。

...

人们应当对那些看似不证自明的观念，保持高度警惕。它们因流行而显得无可置疑，我们自幼便被教导将其奉为圭臬，周围的人也毫不怀疑地接受它们，以至于我们根本意识不到质疑的必要。然而，恰恰是这些观念，最应当放到天平上，进行最严苛的审视。

---

1 希罗多德（Herodotus），公元前5世纪的古希腊历史学家。他的著作《历史》（στορίαι）是西方史学的重要奠基之作，因此他被后人尊称为"历史之父"。

2 蒙田（Montaigne），即米歇尔·德·蒙田（Michel de Montaigne），16世纪法国思想家、散文家，人文主义代表，以其随笔集《蒙田随笔》而闻名。

……

一代人的臆断,往往成为下一代人的信条,而再过一代,这些信条便会被弃若敝屣,成为过时荒唐的陈词滥调。世界从不缺少信仰,唯一不变的,是信仰的更迭。

(《作家笔记》1901年日记节选,标题为编者所加)

找一个舒服的姿势对付人生，心怀幽默感地躺好

想开一点

平庸之辈，在我看来，是不配享有永恒生命这种宏伟特权的。他们心胸狭窄，仅凭这些蝇营狗苟的小欲望驱使着，偶尔的一点点美德和微不足道的恶习，倒也足够他们应付这喧嚣庸俗的人世了。

然而，"永恒"这种壮丽的观念，对于以如此渺小尺寸塑造出的生物而言，未免太过奢侈。我多次见人走向死亡，有平静的，也有悲剧的，却从未在他们临终时看到任何灵魂不朽的迹象。他们死了，和狗死了并无分别。

提香的《基督之葬》[1],我看不出这幅画有什么悲剧气息,也未能感到死亡的恐怖和幸存者的哀痛。恰恰相反,我感受到一种温暖的生命气息,以及属于意大利的那种热烈奔放之美。甚至在死亡与恐惧最浓烈的时刻,生命的光辉也压倒了一切。或许真正的艺术便是如此,能将最污秽的景象点石成金,甚至从死亡与痛苦中榨取出生命的乐趣。

意识最高妙的活动,说到底,也不过是大脑的一些物理活动。正如最美的旋律,也是靠那些平凡的音符堆砌起来,根本没有什么了不起的神秘之处。

无论直接或间接,有意识的生活总归取决于你在宇宙中的位置——是去改变环境以适应自己,还是乖乖调整自己去适应环境,无非这两条路。

道德感的根基何其荒谬可笑,只需看看历代那些虔诚之士是如何对《圣经》中种种令人不齿的行为视

---

[1] 提香(Titian),文艺复兴时期意大利威尼斯画派最伟大的画家之一。《基督之葬》(*The Burial of Christ*)是其代表作之一,描绘了基督被从十字架上卸下后安葬的场景。

而不见就明白了。他们会谴责雅各[1]的诡诈、约书亚[2]的残忍吗?不会。他们会因约伯[3]的孩子惨遭虐待而心生震惊吗?丝毫没有。他们会同情可怜的瓦实提王后[4]吗?我从未见过任何证据。

寻找一种最舒服的姿态来对付人生,心怀幽默感地躺好,听天由命。

倘若你深信悲伤在所难免,那么悲伤便会显得容易忍受一些。我怀疑,若能为痛苦找到生理原因,人就能从中掌握某些主动权。康德[5]年轻时饱受疑病症折

---

1 雅各(Jacob),《圣经·创世纪》中的人物,从哥哥以扫那里骗取了长子继承权。

2 约书亚(Joshua),《圣经·约书亚记》中的主角,摩西的继承人,带领以色列人征服迦南。在《圣经》中,约书亚的形象常常有一定程度的残忍色彩,因为他奉上帝之命屠杀迦南居民。

3 约伯(Job),《圣经·约伯记》的主人公,一个虔诚而正直的人,却遭受了撒旦的试探,失去了财富、儿女和健康。

4 瓦实提王后(Vashti),《圣经·以斯帖记》中的人物,波斯国王亚哈随鲁的第一任王后,因不愿在宴会上按国王旨意展示美貌而被废黜。

5 康德(Immanuel Kant),德国著名哲学家,启蒙运动时期最重要的思想家之一。这里提及的康德早年患有疑病症,并相信与其身体构造有关。

磨，几乎厌世，直到他发现这一切不过是因为自己胸腔扁平而狭窄，竟然就此痊愈了。

性格的来源可以追溯到个体生命的最初。降生之后，生理和环境开始施加影响。可叹的是，有些人并非自身的过错，却偏偏生来性格乖张难处，注定要过悲惨的一生。

每个年轻人都像黑夜里诞生的孩子，他一看到太阳升起，便以为昨天从未存在。

现代文化有一种特别愚蠢的地方，尤其在英国表现得格外明显，那就是人为地给人类自然的生理机能蒙上了一层不自然的面纱。所谓"体面"的禁令，不仅张贴在僻静的街角，更深深烙印在英国人的灵魂里，以至于连一些无害且必需的活动，都染上了不洁的意味。且看看其他时代那些优雅睿智的人，是如何坦荡自然地对待此事的吧。

人类组织精妙的代价，就是比其他动物更能感受到痛苦。凭借错综复杂的神经系统，人类不仅承受更为剧烈而多样的身体痛楚,还要额外负担起精神与想象中痛苦的折磨,这种折磨甚至连低等生物都能侥幸躲过。

也许宗教带来的所有好处,都要被它的基本理念所抵消干净了,那理念便是——人生充满苦难,虚无一场。把今生仅仅视作通往来世幸福的旅途,这种做法无疑是否定了当下生命本身的价值。

至于床笫之事,一个女人,除非你爱上她,否则她的价值绝对不会超过五英镑。但一旦你坠入爱河,她便值得你倾家荡产。

(《作家笔记》1902年日记节选,标题为编者所加)

苦难不会使人品格高尚，只会让人更加自私和粗鄙

苦难的真相

倘若你涉足俄罗斯人的生活，或哪怕只随意翻上几页俄罗斯文学，就一定会惊讶于他们对罪的敏感程度。他们不仅乐于高调地承认自己是罪人，而且真诚地甚至令人厌烦地感受到罪孽的重量，像被一只巨大的蚊子盯上，时时刻刻忍受着悔恨的叮咬。这种民族性格极其古怪，我曾试图琢磨一二，却毫无结果。

当然，在教堂里，我们也会谦卑地承认自己是"可悲的罪人"，但我们心里有数，那不过是一句客套的废话，谁都明白自己实际上还挺不错。我们或许有些小毛病，时常做些让人懊恼的傻事，但这些都不足以让我们真的跪地忏悔、哭天抢地。我们大多数人都是得体的绅士、女士，尽自己所能过着上帝允许的日子。即便相信末日审判，我们也笃定上帝精明通达，不会为邻居都能随口原谅的小过失斤斤计较。这不是我们自我感觉良好，我们只是忙于日常事务，懒得为灵魂忧心太多。

俄罗斯人就大不一样。他们比我们更乐意内省，罪恶感更来势汹汹。哪怕是我们这些神经粗壮的人根本不会在意的琐事，他们也能悲痛欲绝地为之忏悔，仿佛刚刚谋杀了亲兄弟。陀思妥耶夫斯基笔下的德米特里·卡拉马佐夫，就是这么个把自己当成十恶不赦之徒的人物，以至陀翁都把他视作被撒旦附身的狂徒。实际上，稍稍理性一点地看，德米特里不过是个略微放纵的庸俗罪人罢了。他不过打牌酗酒，有点吵闹，情欲过剩，易怒暴躁，做事莽撞。若是瓦尔蒙先生[1]或乔治·海尔勋爵[2]碰见他，大概只会以一种和蔼而轻蔑的

---

1 瓦尔蒙先生（Monsieur de Valmont），法国小说家乔德洛·德拉克洛（Choderlos de Laclos）的小说《危险关系》（*Les Liaisons dangereuses*）中的主人公，一个放荡不羁的贵族。

2 乔治·海尔勋爵（Lord George Hell），英国小说家本杰明·迪斯雷利（Benjamin Disraeli）的小说《康宁斯比》（*Coningsby*）中的人物，也是一个以放荡和虚伪著称的贵族。

神情注视他那点"罪恶",顺便礼貌地掩住自己的呵欠。

其实,俄罗斯人根本不是罪大恶极的类型。他们的缺点只不过是懒散而意志薄弱,爱夸夸其谈却又缺乏真正的行动力。他们慷慨大方,不怀恶意,脾气暴躁却消气也快。如果他们真的为罪孽所累,那多半不是因为行动,而恰恰因为他们什么都不干才自责不已。

凡是参加过俄罗斯宴会的人都会发觉,他们喝酒时竟是如此忧郁,以至于饮到酩酊大醉便开始痛哭流涕,仿佛整个民族都患上了宿醉这种病。倘若禁酒令真能将他们这一民族特色彻底抹去,那该有多荒谬。要知道,西欧那些多愁善感的文艺青年还将这种忧郁宿醉视为一种颇具诗意的冥想主题呢。

至于所谓"苦难文学"[1],我必须坦白:我对它深恶痛绝。陀思妥耶夫斯基对待苦难的态度让我极为反感。

---

[1] 苦难文学(literary cultivation of suffering),指的是19世纪末20世纪初在欧洲流行的一种文学流派,尤其以陀思妥耶夫斯基的作品为代表,强调对苦难的描写和挖掘,认为苦难具有净化和提升人性的作用。毛姆对此持批判态度。

我这一生也不算顺风顺水，当医学生时在圣托马斯医院的病房见识过不少苦难，在战争中又看到了另一类的苦难，但我从未觉得苦难让任何人变得高尚。若说苦难能使人品格高尚，那纯粹是无稽之谈。

苦难最直接的作用，就是让人心胸狭隘。他们变得斤斤计较、怨天尤人，对任何微不足道的小事都异常敏感。我也曾饱受贫穷之苦、求爱失败、失望幻灭、怀才不遇，深知这些只会让我变得嫉妒、刻薄、易怒、自私而不公正。反而是顺境、成功与幸福，才真正能让我成为更好的人。

身心康健的人才能发挥自身才华，自己幸福，也让他人幸福。他们有旺盛的生命力，有足够的智慧理解复杂的思想，能让想象力自由驰骋，感官敏锐，使世界因他们而更加美好。苦难绝不会塑造一个人，只会削弱他。不错，苦难可能教人忍耐，而忍耐或许令人敬佩。但忍耐本身毫无高尚可言，不过是达到目的的手段而已。一个人在小事上展现出的非凡忍耐，与那件小事本身一样无聊。你不会因为一个收集邮票的人耐心得出奇而更加敬佩他，那种忍耐无论多么卓越，都掩盖不了收集邮票本身的乏味。

有人说，苦难让人顺从，而顺从则被奉为人生难题的解药。但顺从实质上不过是对命运任人摆布的妥协，甚至甘愿亲吻那根抽打自己的鞭子。顺从是弱者最后的伎俩，他们用它来掩盖自身的软弱，甚至骗自己说，顺从是一种美德。

一个真正伟大的灵魂绝不会与顺从为伍，而会与环境殊死搏斗，即便知道注定失败，也要毫不屈服地坚持到底。失败并不可耻，可耻的是在失败面前乖乖低头。被锁在岩石上的普罗米修斯，即使满身伤痕，却仍拒绝认同折磨自己的苦难，这才是真正的英雄气概。与之相比，那位钉在十字架上还替敌人开脱的圣者，只显得苍白而无力。

即便现实无情，也要在心底保留一丝自由的反抗之火，哪怕被贫困、疾病和绝望重重包围，也绝不承认苦难本身有任何价值，而要昂首挺胸，坚定地告诉世界：痛苦本就是毫无意义的东西！

（《作家笔记》1917年日记节选，标题为编者所加）

了解人要了解那人本身，而非去了解你的欲望和目的

理解他人与自我

尼科西亚[1]的膳宿公寓，最能说明英国烹饪艺术最高成就或许在于它的平庸：汤、鱼、烤肉，然后不是无聊透顶的水果冻，便是无趣至极的奶油布丁。唯有周日，餐桌上才会多出一道塞馅蛋，像某种悄悄安慰你的奖赏一般。

两间浴室都标榜配备了瓦斯热水器，实际上还是靠木柴燃烧维持着脆弱的文明假象。房间中摆放着小而硬的铁床与廉价得可疑的白色家具，地上的条纹地毯与其说是装饰，不如说更适合马棚。

---

1 尼科西亚（Nicosia），塞浦路斯共和国首都，也是塞浦路斯岛上最大的城市。

起居室那几把罩着印花布的大椅子和桌上的马耳他手工抽纱桌布显然是为了彰显某种古典而乡愁的品味。若你在灯光下想看清一本书的内容，那大约只能归咎于你的乐观与天真。每当夜幕降临，房客们便齐聚一堂，进行一场喧嚣的"红心大战"[1]，赌注之微不足道堪与他们的智慧媲美。老板是个英语磕磕绊绊的矮胖希腊人，而他的助手——一个邋遢却拥有漂亮眼睛的希腊小伙子，露出的金牙或许正是在为自己难得的闪光点辩护。

旅馆的住客同样各有荒唐之处。一位退役骑兵军官，举止得体但不幸染上肺结核，在里维埃拉[2]疗养院与近东之间游荡不定，仿佛在与死亡玩一场漫长的捉迷藏；还有一位丰满年迈却风情不减的老太太，自诩为男子般豪爽，谈笑间却不忘展现些许轻佻；一对埃

---

1 红心大战（hearts），一种流行的扑克牌游戏，玩家需要避免收集红心牌和黑桃 Q。

2 里维埃拉（Riviera），通常指法国的里维埃拉（French Riviera）或蔚蓝海岸（Côte d'Azur），是法国南部地中海沿岸的著名度假胜地，以宜人的气候和优美的风景而闻名，常有疗养院设立于此。

及来的夫妇,丈夫商人般的富态与他的发型一样毫无特色,好似一名退伍列兵;一位戴金丝边眼镜的老头,乐此不疲地四处调查社会福利,热衷于发表被众人不断打断的陈词滥调;还有两位苗条女士,每餐之前都虔诚地享用鸡尾酒,似乎这样才能撑过饭桌上的无聊谈话;那位留着尖尖白胡子的矮胖老人,曾在日本度过四十二年,终因地震失去了财富,也顺便失去了对生活的幻想,他原本回到英国与女儿共度晚年,却发现相聚竟比别离更加无法忍受,于是宁愿在这个偏远的公寓里慢慢等待死亡的宽宏接纳。说到底,这群人的唯一共同点,就是善于用幽默掩饰无聊与孤独。这一切,仅需每天区区十先令[1]。

在纽约则另有一出好戏。一位富婆的秘书和一位英国诗人的潦倒父亲共住在一家小旅馆里。出于对诗人的爱慕,她试图帮助这个穷困酗酒的老人。诗人抵达纽约后,却对探望自己穷困的父亲毫无兴趣。当秘书鼓起勇气向诗人提起这件事时,他仅仅淡淡地回应

---

[1] 先令(shillings),英国旧货币单位,1先令等于1/20英镑。

一句"哦",然后便继续投入他的文学事业中去了。秘书对此震惊不已,然而老父亲却只是不以为然地耸了耸肩:"他只是觉得我丢人而已。"

"他算什么诗人!"秘书愤愤地说。

"他自然不是好人,"老头子回答道,"但仍然可能是一位伟大的诗人。"

对于一个作家而言,终其一生的功课便是研究人性,而我个人却有个恼人的毛病:我总是觉得这件事无比乏味。

要做到这一点,除了耐心,更得具备殉道者一般的毅力。当然,偶尔也会遇到一些活色生香的例外,他们如同完成的油画般醒目,个性鲜明得近乎耀眼。他们是人群中的明星,迫不及待地将自己的特立独行展示给你,仿佛迫切需要一个观众,来证明他们的精彩并非自娱自乐。然而,这样的人物毕竟屈指可数。他们在芸芸众生中脱颖而出,这种特殊性既赋予了他们天然的魅力,也注定使他们与真实保持着若即若离的距离。他们越鲜明,越接近于舞台角色,而非活生生的人。

研究普通人则完全是另一回事。这群人大抵都被一层烟雾笼罩着,隐约可见却无法看清。他们当然存在,甚至满身都是稀奇古怪的小毛病和小嗜好,但那又如何呢?画面依旧模糊不清,几乎令人怀疑他们自己是否真正认识自己。你又如何指望他们能将自己袒露给你呢?无论他们说多少话,也不过是一堆毫无意义的废话罢了。他们或许隐藏着珍贵的宝藏,但偏偏他们自己也浑然不觉,于是更加彻底地将其埋没了。如果你企图从这群熙熙攘攘的影子中雕琢出一个真实的人物形象,倒不如说你正在尝试一件不可能完成的杰作。你必须具备无穷的耐心,堪比中国玉雕师的精巧技艺,以及牺牲整日光阴聆听那些陈词滥调、二手故事的英雄主义。

你若要真正了解一个人,就必须放弃自己那些自作聪明的期待,聆听他们所讲的话,仅仅因为那是他们真实表达的废话。了解人,就要了解那人本身,而不是去了解你的欲望和目的。

关于外在形象,小说家面临的一个恼人难题就是如何描写人物的容貌。最自然的方法自然是事无巨细地罗列一番:身高、肤色、鼻子的高低、眼睛的颜色。这可以一次性完成,也可适时点缀,并不时强调某个显著特征,好让读者印象深刻。这种方法当然合情合理,只不过效果常常差强人意。我总觉得,就算你按照早期小说家精细列举的人物特征走遍全世界,恐怕也认不出那个他苦心塑造的人物。文字终究难以塑造清晰的视觉印象,除非碰巧有一位插画家,比如菲兹[1]为《匹克威克外传》[2]所画的那些令人过目难忘的面孔,或者坦尼尔[3]赋予《爱丽丝梦游仙境》的那些古怪生灵。他们以插画的形式蛮横地夺走了你的想象力,使你从

---

[1] 菲兹(Phiz),真名为哈布洛特·奈特·布朗(Hablot Knight Browne, 1815—1882),英国插画家,以笔名"Phiz"为人所知,为狄更斯的多部小说绘制插图,包括《匹克威克外传》。

[2] 《匹克威克外传》(*Mr. Pickwick*),查尔斯·狄更斯的第一部小说 *The Pickwick Papers* 的通俗简称。

[3] 坦尼尔(Tenniel),即约翰·坦尼尔(John Tenniel, 1820—1914),英国插画家、政治漫画家,以为路易斯·卡罗尔的《爱丽丝梦游仙境》(*Alice's Adventures in Wonderland*)和《爱丽丝镜中奇遇记》(*Through the Looking-Glass*)绘制插图而闻名。

此无法摆脱他们所描绘的容貌。

罗列人物外貌显然枯燥到无药可救，于是许多作家便走向另一个极端：使用印象派式的含混描绘，三言两语、轻描淡写地勾勒人物，期待你从某个诙谐旁观者的调侃里，奇迹般地拼凑出完整的人物形象。这种描写读起来或许妙趣横生，但它们的迷人姿态，往往只是巧妙地掩盖了作家的无能。说到底，这类作者其实并未真正思考清楚自己的人物长什么样子，他们只是不知所措地避开了这个棘手的难题。

更有一些作家似乎从未意识到人物外貌究竟多么重要。他们好像从未想过，一个身高 1.7 米的人所见的世界，与一个 1.88 米的人所处的世界，是截然不同的。

（《作家笔记》1930 年日记节选，标题为编者所加）

为艺术而艺术,好吧,为杜松子酒而杜松子酒

艺术与享受

在英国人看来,凡是爱得太过认真,总带着几分荒诞可笑的意味。过度的爱恋无异于一出闹剧,只要你入戏太深,就不难发现自己已是这场闹剧的主角。

人到中年,我怀疑自己比大部分人更早地察觉到了这一残酷的真相。青春如沙漏般悄无声息地滑走,我却背负着时光流逝的沉重负担。也许因为我年轻时便见过不少世面,也许因为我涉猎广泛,对那些远远超出我年龄的事物总是充满热情,我总觉得自己远比同龄人来得成熟。但直到1914年战争爆发时,我才被现实狠狠地敲了一记闷棍:我居然已经老了。四十岁,在征兵办眼中已接近废品的行列了。我当然试图自欺

欺人，认为这不过是英国军方特有的偏见，但没多久，一件小事便让我彻底死心。

有一天，我和一位相识多年的女士及她那位年仅十七岁的侄女共进午餐。午后我们叫了一辆出租车去别处，那位女士先行上车，她的侄女紧随其后。可这年轻姑娘却规规矩矩地坐在了折叠椅上，把后座紧挨她姑姑的位置谦让给我。这是一种仅献给年长绅士的礼貌（与男女平权无关），那一瞬间，我幡然领悟：自己竟已沦为被年轻人敬而远之的长辈了。

清醒地意识到自己不再属于年轻人的行列并不是什么赏心乐事。你早已与他们活在不同的年代。于他们而言，你的人生剧本已临近尾声。他们可以钦佩你、敬重你，但你们之间早已隔着一道无法跨越的鸿沟，而归根结底，他们终将发现，与同龄人相处远比与你谈笑风生更舒适。

然而，中年自有它令人欣慰的补偿。青年时代总受社会舆论死死束缚，而中年则终于得到了些许自由。我记得当年离开学校时，曾兴高采烈地对自己许诺：

"从此以后，我爱几点起床就几点起床，爱几点睡觉便几点睡觉。"当然，这完全是一派胡言，我很快便发现文明人所谓的自由总是有限制的。若你怀揣梦想，总难免要放弃某些自由。但进入中年后，你便豁然开朗地明白了：为了那些所谓理想，到底放弃多少自由才算得上划算。

年轻时，我为羞怯所苦。体格孱弱，却不得不假装精力充沛；厌恶冷水，却为了与他人保持一致，只能硬着头皮洗冷水澡，跳进冰冷刺骨的海水；我也曾因游戏技艺平庸而深感自惭，甚至为此而焦虑不已。直到人到中年我才明白，承认"不知道"原来如此轻松愉悦，也没有谁再期盼我能徒步走完四十公里，打完一场业余的高尔夫球赛，或是从九米高的跳台上纵身跃入水中。年轻人被渴望融入群体的焦虑折磨得痛苦不堪，而中年人之所以可以自得其乐，恰恰是因为他们终于与自己达成了和解。

人类依靠想象力，巧妙地弥补了现实生活无法给予的种种满足。永恒的限制总会迫使人放弃某些最原始的本能，而被剥夺总是令人不悦。荣誉、权力或爱情的追求一旦受挫，人类便迅速躲进幻想的世界，自我欺骗，寻求安慰，随后又心安理得地给这种逃避冠以堂皇的名号——艺术。事实上，想象本质上就是失败的证据，它承认了人在现实生活中遭遇了挫败。

而小说家的命运则更加诡谲、危险。随着他对素材来源的世界逐渐了然于胸，随着他愈发精妙地驾驭着文字和技巧，他却极可能渐渐失去对那些构成创作素材的日常经验的兴趣。当年岁渐长、智慧渐增或厌倦情绪袭来时，他便再难对庸常世事保持热情。一个小说家如果失去了孩童般的天真，停止相信埃德温[1]对安吉丽娜[2]的痴情还值得深究，那他便彻底完蛋了。当小说家发现人生的琐碎时，他作为艺术家的生命也随之结束。

---

1 埃德温（Edwin），常见于西方爱情故事中的男性名字，此处指代典型的恋爱中的年轻男子。

2 安吉丽娜（Angelina），常见于西方爱情故事中的女性名字，此处指代典型的恋爱中的年轻女子。

乔治·艾略特[1]和赫·G·威尔斯[2]因无法再忍受那些"被诱骗的少女"或"深情的职员",于是逃向社会学的怀抱;哈代[3]弃了《无名的裘德》,转而高谈《王朝》;福楼拜[4]则索性从浪漫的乡镇恋爱故事直接跳入了《包法尔和佩居谢》[5]的残酷荒谬之中。

艺术又如何呢?当我看见音乐厅里和美术馆中专

---

[1] 乔治·艾略特(George Eliot),英国19世纪著名女作家玛丽·安·埃文斯(Mary Ann Evans)的笔名,代表作有《米德尔马契》(*Middlemarch*)、《亚当·比德》(*Adam Bede*)等,以关注社会道德和心理描写著称。

[2] 赫·G·威尔斯(H. G. Wells),英国著名作家,以科幻小说和预言性作品闻名,也涉猎社会评论和历史题材,代表作有《时间机器》(*The Time Machine*)、《世界大战》(*The War of the Worlds*)等。

[3] 托马斯·哈代(Thomas Hardy),英国维多利亚时代后期和现代早期的重要作家和诗人,作品常以悲观主义视角描绘乡村生活和个人命运,代表作有《苔丝》(*Tess of the d'Urbervilles*)、《无名的裘德》(*Jude the Obscure*)等。

[4] 福楼拜(Gustave Flaubert),法国19世纪伟大的批判现实主义作家,以追求艺术完美和语言精确著称,代表作有《包法利夫人》(*Madame Bovary*)。

[5] 《包法尔和佩居谢》(*Bouvard et Pécuchet*),福楼拜最后一部未完成的小说,以讽刺和幽默的笔触描绘了两个抄写员试图掌握各种知识和技能却屡遭失败的故事,展现了人类的愚昧和知识的局限性,常常被解读为体现了荒谬与虚无的主题。

注的听众与观众,我总疑惑他们到底从艺术中获得了什么。我发现艺术之于他们不过是劳动者手中的一杯啤酒,或是妓女从痛苦生活中短暂解脱的一口杜松子酒。他们欣赏艺术,仅仅因为这是一种逃避现实的方式。他们自以为比酒鬼高尚,却忘了,"为艺术而艺术"[1]本质上不过是为杜松子酒而杜松子酒。悲观主义者拒绝现实,而真正的艺术家则接纳现实。艺术只有在能塑造性格、引发行动时才有价值。只有真正为之所动、让情感付诸行动的人,才称得上是艺术家。

当然,我所说的艺术家,并不仅限于画家、诗人和音乐家,还包括那些最细微、最被忽略却至关重要的艺术实践者——生活艺术的大师们。

(《作家笔记》1933年日记节选,标题为编者所加)

---

[1] 为艺术而艺术(Art for art's sake),一种艺术理念,是唯美主义的著名口号,强调艺术的独立价值,认为艺术的目的是艺术本身,而非服务于道德、政治或其他功利性目的。

人类的痛苦，很大程度源于冗长而毫无意义的等待

在印度修行的英国人

C少校身材高大，肩宽背厚，短短的棕色头发修剪得如同他生活中任何事情一样严谨而古怪。你无法确切猜出他的年龄，他可能是个不到三十五岁的年轻人，也可能早已跨过五十岁的门槛——唯一可以确定的是，他的青春似乎异常执着，拒绝退出舞台。

他刮得极其干净的脸轮廓硕大，却不幸地搭配着极其小巧的五官，尤其是那又短又钝的鼻子，使他看上去仿佛某个不太成功的雕塑家的作品。他脸上挂着一种平和而幸福的表情，似乎每一秒都在感叹人生的美好。他说话节奏缓慢，但口齿出人意料地清晰流畅，而且他明显认为在保持镇静的同时需要靠提高嗓门强调自己的真诚。

他是那种令人感到过于开朗的人，笑容永远挂在脸上，毫无保留地大声笑着，以至于让人难以确定他的热情是真实存在的，还是一种策略。他的礼貌和殷勤近乎过度，好像他迫不及待地想要告诉你：如果你还没感到愉快，那肯定是你的问题。很难说清他是天真得可爱，还是愚笨得恼人；不过可以确定的是，图书馆显然从不是他流连忘返之地。

在他的举止中，有种童子军[1]式的活泼，既令人安心，又不免令人隐隐担忧。当瑜伽大师[2]偶然走进他的房间，坐在他的椅子上时，他竟然激动得像个圣诞夜被圣诞老人亲自访问过的男孩。事实上，他多次兴高采烈地向我强调：他在静修所享有任何人都无法获得的特别恩宠。每次他炫耀这一点时，我就不禁想起那些受校长偏爱的孩子，他们总迫切地想让别人看到自己有多么受宠。

---

1 童子军，此处指性格天真、充满热情但略显幼稚和缺乏世故的人。
2 瑜伽大师（Yogi），尤指练习瑜伽的印度教修行者或哲人，这里指文中静修所的精神领袖。

他在静修所已度过了整整两年,因为被特别宠爱而获准拥有属于自己的小屋,甚至还有专用的小厨房。他请了一位私人厨师伺候自己。他不吃肉、鱼或蛋,却在储藏室里堆满了从金奈运来的各类罐头食品,以佐餐厨师特制的咖喱与凝乳。当然,他只喝茶——毕竟,有些清规戒律显然是用来显示遵守者品位的。

他的房间简单到几乎可以称作苦修:一张简陋的床,一张书桌,一把略显郑重的扶手椅,以及另一把似乎专供客人拘谨落座的椅子。书架上约有五十本书,全部围绕着吠檀多[1]和《奥义书》[2],以及关于瑜伽大师本人的著作和传记,似乎在宣告主人专注于某一件事的顽强决心。墙上的装饰令人费解:达·芬奇画作的基督像与若干幅丑得令人怀疑其神圣性的毗湿奴[3]画像混杂一起,这些廉价的彩色印刷品和瑜伽大师的照片共

---

1 吠檀多(Vedanta),印度教六大正统哲学流派之一,其哲学思想主要基于《奥义书》。

2 《奥义书》(*Upanishads*),是印度教的重要经典,探讨宇宙的本质、人与神的关系,以及解脱的途径等深奥的哲学问题。

3 毗湿奴(Vishnu),是印度教三大主神之一(另外两位是梵天和湿婆),被认为是宇宙的维护者和保护者。

同烘托出一种自我安慰式的虔诚。绿色墙壁和藤席铺就的地板则透露出他在享乐和自律之间艰难保持的微妙平衡。

他穿着一套有些滑稽的中式外套和白色棉裤，光脚而行，似乎想告诉世人，他的心灵已经达到某种不再受俗务侵扰的境界。他对瑜伽大师的崇拜达到了一种近乎滑稽的程度，甚至声称瑜伽大师是自基督以来世界上最伟大的精神人物——显然，他对人类历史的认识可能与他的图书馆同样有限。

谈及自己的过去，他总是带着一种神秘的敷衍，声称在英国并无亲近之人，过去几年到处漂泊，但自从来到这里，他的灵魂终于不再漂泊。他反复强调瑜伽大师带给他前所未有的内心平静，仿佛一遍又一遍地重复同样的话就能使其变得更加可信。当我问及他如何打发时间时，他自豪地告诉我，他的日程只有阅读、锻炼（每天骑约十三公里的自行车）和冥想。他每天都会花上几个小时陪伴瑜伽大师在大厅里安静地坐着——即便整个星期也未必能与大师交流一句话。

鉴于他的健壮体魄与旺盛精力，我怀疑他是否真正有足够的渠道释放这些能量。他却毫无讽刺地告诉我，他很幸运，是极少数真正热爱并享受冥想的人之一。他甚至一本正经地解释说，冥想其实是一项剧烈的运动，几个小时下来会让人疲惫到需要躺下来恢复体力。然而，当我试图弄清他所谓的"冥想"究竟意味着什么时，他却含糊其词。当我试着用耶稣会修士对耶稣受难的默观作为比较时，他连忙否认，表示自己并非在专注地思考某个主题。他声称，自己真正要做的是超越思考的自我，将之与无限的宇宙本我融合。

他说，这一切终将带来开悟。他决心待在那里，直到这一天到来——或者，直到瑜伽大师去世。

…

阿克巴·海达里爵士[1]派汽车来接他，如约而至时，他踏进了房间。这位圣哲一身华服，披着件精致的猩

---

[1] 阿克巴·海达里爵士（Sir Akbar Hydari），指的是纳瓦布·海达里·阿克巴·阿里·汗·海达里爵士（Nawab Sir Hydari Akbar Ali Khan Hydari），印度政治家和行政长官，曾任海得拉巴邦的总理。

红色大氅，中年光景，身材魁伟，相貌堂堂，举止礼仪无懈可击。遗憾的是，他一句英语也不会说，只得由阿克巴爵士充当翻译。他口齿伶俐，侃侃而谈，声如洪钟，可惜他的每一句话，我从前至少听人重复过二十遍。

印度思想家的致命缺陷正是如此：他们总是用千篇一律的辞藻，反反复复地兜售同一种真理。诚然，你明知为此烦躁毫无道理——倘若他们所言的确是真理，而真理又偏偏独此一家、别无分号，他们像鹦鹉一样一再复述倒也情有可原。但无论如何，不得不承认的是，无休止地听着相同的论调，总是难免令人心生厌倦。你甚至会忍不住盼望，他们至少换些新鲜的譬喻与例证，哪怕不要永远纠缠在《奥义书》那些陈腐的桥段上也好。一旦有人又开始老调重弹、喋喋不休地讲蛇与绳索的故事，你的心立刻会像注了铅似的往下一沉——熟悉确实会产生轻视。

我于是问他，有什么办法能让我真正获得冥想的力量。他吩咐我去一间暗室，盘腿坐好，目光专注于一根蜡烛的火焰上，将一切念头都清除干净，脑海中只剩一片空白。他许诺,只要我每天坚持这样做一刻钟,很快便能经历某些奇妙的体验。"坚持九个月,"他说得胸有成竹,"然后再回来,我将传授你更深奥的功法。"

那天晚上,我便照他吩咐的去做了。起初,我认真地看了一眼表,随后便进入了那所谓的冥想状态。我感到时间像沙漠中的旅人步履缓慢地过去,感觉自己盘坐了不止一刻钟,而是一整个世纪。我再度睁开眼睛确认了一下时间——只过去了三分钟。这三分钟足以让我悟出真理:人类的痛苦,在很大程度上,源于冗长而毫无意义的等待。

...

我们驱车穿行在稀疏的丛林里。不一会儿,便瞥见一只孔雀从树丛间现身。

它展开了华丽的尾屏,悠然地踱着步子。那姿态既骄傲又精致,仿佛怀着对自身美貌的无限钦佩,小心翼翼地迈动双腿,生怕惊扰了自身的尊严。

这副美态简直令人屏息凝神,让我不由自主地想起尼金斯基[1]在科文特花园[2]剧院的登台亮相——一模一样的细腻、优雅与考究。这一幕大抵是我在丛林里见过的最令人心醉的景象了,一只孤傲的孔雀独自欣赏着自己的美。

我的同伴让司机停车,然后迅速拿起了枪。

"我要打它一枪。"

我的心顿时缩紧了。他开了枪。我暗自祈祷他最好是个糟糕透顶的神枪手,可惜事与愿违。司机跳下车,很快捧回了那只倒霉鸟儿的尸体。就在片刻之前,它还昂首挺胸、盛气凌人,现在却变成了一堆惨不忍睹的羽毛。人类总是热衷于摧毁自己最欣赏的东西,这一点向来如此。

---

[1] 尼金斯基,即瓦斯拉夫·弗米契·尼金斯基(Вацлав Фомич Нижинский),俄国芭蕾舞演员和编舞家,被誉为20世纪最伟大的男舞蹈演员之一。

[2] 科文特花园,伦敦著名的皇家歌剧院所在地。

那晚我们吃了孔雀胸脯肉当晚餐。肉质洁白鲜嫩,多汁得不可思议。这顿晚餐总算让我从印度那些皮包骨头的鸡肉中短暂地解脱了出来。

...

也许,是我们内在的"自我"[1]导致了我们所有的邪恶,但它也同样是我们的音乐、绘画、诗歌的根源。那又如何呢?

...

知识有两种,一种来自头脑,一种来自内心。我审视我的内心,然后说出了我在那里看到的东西。

...

尽管早已有所期待,也无数次看到过泰姬陵的照片,但当我第一次真正亲眼看到它时,当我站在大门

---

[1] "自我",英文原文为"I",此处指代哲学和心理学意义上的"自我",即个体意识和自我意识的核心。毛姆此处用"I"来探讨个体"自我"的双重性,既是恶的根源,也是创造力的源泉。

的台阶上向远处凝望时,依然被它的美彻底征服了。

我清晰地感受到,那便是艺术带来的震撼。我努力抓住内心的感受,趁它仍然鲜活,仔细审视。我终于明白人们为什么会说某种东西"美得令人窒息",那绝非夸张的比喻——我的确感到呼吸变得急促,心中涌起一种奇妙而愉悦的扩张感。我感到震惊、喜悦,还有一种微妙的解脱。但我恰巧之前读过数论哲学[1],其认为艺术能带来短暂的解脱,类似于印度诸多宗教所追求的绝对自由。因此,我怀疑这解脱感或许只是记忆的投影,在这一刻映射到我的真实感受上了。

对同一美景,我无法两次体验到同样的狂喜。第二天,我再次在相同的时间来到泰姬陵,虽然眼前的景象并无变化,但我体验到的只剩下理智层面的欣赏。不过,这次我得到了另一种感悟。黄昏时分,我独自一人漫步走进了清真寺。当我从一端望向清真寺内部那些彼此隔开的房间时,我感受到一种怪异而神秘的

---

1 数论哲学(Samkhya philosophy),古印度六大正统哲学流派之一,侧重于二元论(强调精神和物质的区分)和理性主义。

空旷与寂静。我甚至感到一丝恐惧。这种感受难以描述，只能用一些看似无意义的语言去表达：我仿佛听见了无限寂静正悄然走动的脚步声。

…

河面上长满了凤眼蓝[1]。这种植物有着精致的淡紫色花朵，并非扎根于土壤，而是漂浮在水面。当你乘船穿过，在水面上划出一道清澈的水痕时，它们被推到两边，但船一过，它们立刻又随着水流和微风漂回来，仿佛你从未从此经过，不留一丝痕迹。我们这些在世间稍微掀起一些波澜的人，又何尝不是如此。

…

当我离开印度时，人们问我，在所有见过的景象中，哪一个最令我印象深刻。我给出的回答正如他们所料。但真正触动我内心深处的，并不是泰姬陵，不

---

1 凤眼蓝（Water hyacinth），一种原产于南美洲的水生植物，繁殖迅速，常在热带和亚热带地区的水域中蔓延。也称浮萍、水葫芦。

是瓦拉纳西[1]的河坛[2],也不是马杜赖那宏伟的神庙,更不是特拉凡哥尔[3]连绵的群山,而是那些赤贫如洗的农民。

他们瘦骨嶙峋,赤身裸体,只在腰间围着一块破布,那布的颜色,几乎与他们日夜耕耘的土地融为一体——被炽热太阳炙烤得发烫的土地。寒冷的黎明,他们在田间瑟瑟发抖;烈日当头的正午,他们汗如雨下;夕阳西斜,暮色如血,他们依然在干涸贫瘠的田地里劳作。无论是印度的北方还是南方、东方还是西方,无数饥肠辘辘的农民都在广袤的大地上不知疲倦地辛勤耕作。这种辛劳代代相传,从他们的父辈到祖辈,再一直向前追溯到三千年前雅利安人[4]初次踏上这

---

1 瓦拉纳西(Varanasi),印度教圣城,位于恒河沿岸。

2 河坛(ghats),印度次大陆河流沿岸的阶梯状平台,常用于宗教仪式和沐浴。

3 特拉凡哥尔(Travancore),印度西南部马拉巴尔海岸地区的一个王国,以山脉和自然风光著称。

4 雅利安人(Aryans),古代印欧语系民族,公元前2000年中叶开始迁徙至印度。

片土地时便已如此。他们的全部努力,只是为了填饱肚子,生存是他们唯一的希望。

这样的景象,才是真正令我情感激荡、难以忘怀的印度。

(《作家笔记》1938年日记节选,标题为编者所加)

社会阶级最忠实的仆人是财富

美国错觉

一些美国式的错觉:

(一)这个国家没有阶级意识;(二)美国咖啡味道不错;(三)美国人办事效率惊人;(四)美国人的性欲旺盛,尤其是红头发的人[1]。

在这个国家到处泛滥的众多谬论中,最奇妙的当属那个关于这里不存在阶级差别的美丽神话。

有一天,在西部某地,我被邀请与一位据说拥有

---

[1] 红头发的人,在西方文化中,红发有时与热情、性感等特质联系在一起,但也可能带有刻板印象。

两千万美元家产的女士共进午餐。坦白讲,我在欧洲任何公爵府邸里,也没见过如此殷勤备至的款待。你会情不自禁地认为,从她那张阔大的嘴里蹦出来的每个字,都像是一张张一百美元的钞票,随时等着客人们去捡拾。表面上看,这里似乎人人生而平等,但也仅仅是表面如此而已。银行家在火车餐车里,当然可以亲切地跟旅行推销员闲聊,好似他们是多年好友。可我很怀疑,他是否曾动过哪怕一秒钟的念头,邀请对方到自己家中做客。而在查尔斯顿[1]或圣巴巴拉[2]这样体面的社区,旅行推销员的妻子再优雅、再迷人,也终究无法逾越那堵看不见的墙。

归根结底,社会阶级最忠实的仆人是财富。十八世纪英国的贵族们,并不是靠头衔博得人们发自内心的敬意,而是凭借他们庞大的家产,以及由此而来的慷慨馈赠。他们的依附者理所当然地奉上谄媚,而这

---

[1] 查尔斯顿(Charleston),美国南卡罗来纳州的一座历史名城,以其保存完好的历史建筑、浓厚的南方文化以及传统的上流社会而闻名。

[2] 圣巴巴拉(Santa Barbara),美国加利福尼亚州南部的一座海滨城市,以其富裕的居民和优雅的生活方式而著称。

种谄媚只有在今天才令我们反胃。后来英国走上工业化之路，这些贵族逐渐失去了大部分财富，也失去了曾经牢牢握在手中的影响力。他们或许还能勉强作为特殊的阶层保留下来，那也仅仅是因为英国人骨子里的保守而已。然而，一旦他们失去了能够施予他人恩惠的能力，那种恭敬就变成了令人厌恶的虚伪。毕竟，当你能从一位贵族那里获得好处时，向他表达衷心的敬意是种值得理解的自尊。但如果他再也没什么可以给予你，那么继续卑躬屈膝就是一种不可饶恕的下贱了。

倘若你以为阶级区分只属于贵族和中产阶级之间的游戏，那你就天真得可爱了。

在英国，白领阶层的太太们向来觉得与普通工人的妻子共处一室简直是自降身份，若不得不打招呼，也必定带着略有节制的屈尊与鄙夷。我认识一座西部新兴的小城，不久前才拔地而起，专门容纳一家大型工厂的员工。白领阶层和工人阶层居住在相邻的街道，住房设计完全一致，就像一排豌豆般单调乏味。他们吃着同样无趣的罐头食品，读着同样枯燥的报纸，甚至连开的汽车都几乎一模一样。然而，白领阶层的太太们宁愿在家无聊地盯着墙壁发呆，也绝不愿降低身份，和工厂工人的妻子们围在一起打桥牌。看来，阶级区分的幽灵早已悄然渗透进人们日常生活的骨髓里，我们与其伪善地否认它的存在，不如坦诚承认它的顽固。

让我感到惊讶的是，那些时刻担心民主安危的人们，似乎从未留意过民主制度居然赋予口才惊人的人以统治权力。一个人可以拥有崇高的品格、理性的头脑和坚定的意志，但如果他不善于夸夸其谈，那他连为国家服务的机会都不会有。

前几天，我偶然听见一些人在谈论 L 是否能成为下一任英国首相，结论竟是他毫无希望——理由仅仅是他不擅长演讲。我相信他们的判断是准确的，但这不也正说明一种荒诞的悲剧吗？政治家的首要资质不是洞察力，而是拥有一副甜美的声音和制造空洞口号的绝技。倘若一个政治家碰巧既能巧言善辩，又具备常识和远见，那便纯粹是命运的玩笑了。演说从不诉诸理性，只鼓动情绪。人们原本以为，涉及国家命运的大事,竟容许舆论受感情摆布,而非理性引导,这简直是精神错乱。当一句口号——"你们不得将人类钉在黄金的十字架上"——几乎把一个自负而愚蠢的无知之徒推上英国首相宝座时,民主制度所遭受的嘲讽可谓登峰造极。

(《作家笔记》1941年日记节选,标题为编者所加)

勇敢的人先享受世界

行动的力量

我很久以前就下定决心,人生苦短,凡是能花钱让别人代劳的事,绝不自己动手。如今,我唯一仍坚持由自己来的,便是刮胡子。

我总是难以理解,那些口口声声宣称时间宝贵的人,竟甘愿每周六天,把自己拱手交给理发师那冗长、繁复、雕琢得近乎仪式感的理容程序。

...

身为一个充满爱与温情的家庭的成员,固然是件美妙的事。然而,我始终怀疑,这对一个成年男子在社会上的立足,并无太大益处。家庭里那些你来我往的恭维，会让他对自身能力产生不切实际的幻想，使他在面对生活的艰难时措手不及。对普通人而言，这已然弊大于利，而对艺术家而言，则可谓灭顶之灾。艺术家天生是离群索居的狼，前行的道路注定孤独。狼群将他驱逐至荒野，未必是坏事，倒是那些对他溺爱有加的亲人，对他仅仅初露锋芒的作品大加赞赏，才是真正的祸根。被吹捧得太早的人，往往误以为自己已然登峰造极，遂不再精进。自满自得，是艺术家的致命毒药。

...

勇敢的人先享受世界，但如今，我却感到困惑，这个国家的冒险精神似乎已大不如前。正是这种不畏艰险、勇于探索的精神，使得这片土地从荒芜走向繁荣，最终成为适宜人类居住的家园。当然，我能理解，绝大多数人宁愿在故土忍受清贫，也不愿远赴他乡、身处险境。只有那些真正怀揣冒险精神的开拓者，才会有勇气离开故土，毅然踏上前往未知远方的征程。

诚然，有些人是为了追求宗教信仰或政治理念的自由而来到这片土地,但他们同样具备冒险精神,否则他们完全可以选择隐忍不发,像大多数人一样得过且过,又何必远渡重洋?那些从东部沿海地区深入人烟稀少的中西部地区开疆拓土的先驱们,虽然其中不乏举家迁徙者,但更多的,是成千上万的男儿——无论年长或年少——他们孤身一人,义无反顾地奔赴内华达山脉和加利福尼亚州的矿区,去追逐那充满未知的财富梦想。贺拉斯·格里利那句响彻时代的呼唤——"年轻人,到西部去!"[1]——不正是对这种冒险精神最强有力的召唤吗?

然而,反观当今的年轻人,他们似乎对这种冒险精神失去了往日的热情与向往。我曾与许多即将奔赴战场的年轻人促膝长谈。他们中的大多数人投身战争,并非满怀期待与兴奋,更多的是出于现实的无奈与生活的重压。许多人参军是出于责任感和义务感,而非

---

[1] "年轻人,到西部去!"这句话在当时产生了广泛的影响,成为美国西部扩张时期的一个标志性口号。它激励了无数年轻人和家庭踏上前往西部的征程,参与到西部的开发和建设中,对美国的历史进程产生了深远的影响。

内心深处的冒险渴望。我几乎没有遇到哪个年轻人是将参战视为一场激动人心的探险的。他们所期盼的，似乎仅仅是能够安稳度日，最好是能一直待在家乡，在办公室或商店里找一份稳定而波澜不惊的工作，远离任何形式的风险与挑战。

...

至于价值观，它们本身并非天定不移。许多人听闻"价值观绝对存在，并且独立于我们的思想"这样的观点时，便会犹豫不决。毕竟，如果这是真的，人类早该发现它们究竟为何，并且自始至终对其忠诚不渝。然而，历史告诉我们，价值观取决于具体情境，并随着时代更迭而变迁。

荷马时代的希腊人所珍视的价值观，与伯罗奔尼撒战争时期已截然不同。国与国之间的价值观亦不尽相同。我无法确定，印度教徒所推崇的"不执着"是否曾为欧洲人所尊崇；同样，基督教视为美德的"谦卑"，也未必是其他信仰中的道德准则。

在我的一生中，我亲眼见证了一些价值观由盛转衰。"绅士"这个概念，在我年轻时尚被视作一种价值，而如今，它的内涵乃至其本身，似乎都隐隐让人感到不快。公共盥洗室外，你会看到一扇门上写着"女士"，而另一扇门上则写着"男士"。如果坊间传闻属实，那么在过去三十年里，盎格鲁-撒克逊国家对未婚女性贞洁的重视，已大不如前。然而，在拉丁语系国家，它仍然占据重要地位。

当然，若因道德价值观并非绝对，就断言它们全然出于偏见或喜好，那便是荒谬的。正如语言是生物需求的产物，道德价值观未尝不是物种进化的结果。它们之所以存在，并非因其天生正确，而是因其对于群体乃至个体的生存至关重要。如果这场战争（指二战）证明了什么，那便是——一个民族若不珍视某些价值观，便注定走向毁灭。价值观之所以真实，正是因为它们被珍视；而被珍视，则是因为它们对国家乃至个人的存续不可或缺。

战争结束后，我衷心希望，我们不会愚蠢到以为胜利是因为我们拥有敌人所缺乏的美德。如果我们自欺欺人地相信，是爱国主义、勇气、忠诚、正直、无私等高尚品质让我们赢得了胜利，那就未免太过天真了。没有强大的军备生产能力，没有训练有素的庞大军队，这些美德充其量不过是些供人咀嚼的陈词滥调。最终决定胜负的，是实力，而非正义。你唯一能说的，就是如果一个国家在整体上不具备这些美德——法国的例子已经充分说明了这一点——它就很可能也缺乏自卫所需的手段，从而无法抵御敌人的进攻。认为我们的敌人不具备这些美德，未免太低估他们了。他们至少和我们一样拥有勇气、忠诚和爱国主义，甚至在某些方面，他们的信念比我们更坚定。他们的价值观或许与我们不同，但设想一下，如果他们征服了世界，再过一百年，他们的价值观会不会也像我们今天所珍视的那些一样，被后世的庸人奉为圭臬？

"强权即公理"这句话听上去冷酷无情，我们的偏见也许让我们不愿接受它，但事实就是如此。它所揭示的，是一个国家必须确保自己拥有足够的实力，才能捍卫它所信奉的正义理念。否则，所谓正义，不过是弱者的自慰罢了。

奥尔德斯在他的《七重冥想》[1]的第一篇中写道："上帝存在。这是最原始的事实。我们存在的目的，就是通过直接体验去发现这一事实。"他似乎认为上帝会为这个发现感到欣喜，仿佛上帝是个急切等待考试成绩的小学生。

...

至于那些试图将"美"列为绝对价值的哲学家们，他们的任务可谓任重而道远。当你称赞某物"美"时，你不过是指它在你心中激起了一种特定的情感反应。而这种情感反应的产生，受制于无数因素——个人性格、成长环境、时尚风潮、社会习俗、性别差异，甚至仅仅是因为它新鲜。这样一个受到如此多变量影响的"绝对"，还能算是绝对吗？人们曾天真地以为，一旦某件东西被认定为美，它就应当蕴含某种内在价值，足以让我们无止境地欣赏它。然而事实是，我们会对

---

[1]《七重冥想》(*Seven Meditations*)，是英国作家奥尔德斯·赫胥黎（Aldous Huxley）的作品。这本书收录了他关于冥想和灵性探索的思考和练习。

它感到厌倦。熟悉或许不会滋生轻蔑,但一定会带来漠然。而漠然,正是审美情感的死敌。

美确实是一种价值,但它的对象是什么,并不重要。真正重要的是,它是否能提升灵魂,使灵魂得以接纳更高层次的价值。不过,究竟什么是灵魂呢?这可真是见鬼了。

某些外在刺激引发的感觉,会在你心中激起所谓的"审美情感"。然而,这种情感最奇特之处在于,它未必由伟大的艺术品引发,反倒可能因平庸之作而生。若有人在巴尔夫的《波西米亚女郎》[1]中体会到审美的愉悦,他的感受未必就比在贝多芬的《第五交响曲》中得到感动的人更浅薄、不纯粹,或价值更低。

艺术理论家们自信满满地设定美的绝对标准,并

---

[1] 巴尔夫(Balfe),即迈克尔·威廉·巴尔夫(Michael William Balfe,1808—1870),爱尔兰作曲家,以歌剧《波西米亚女郎》(*The Bohemian Girl*)而闻名。《波西米亚女郎》是一个关于身份认同、爱情以及社会阶层差异的故事,充满了浪漫主义色彩,讲述了一个年轻的波兰贵族女孩被吉普赛人绑架,并在吉普赛营地中长大的故事。

宣称凡是敏锐、博学且品味高雅的人士普遍认同的，即是"真正的美"。这论调未免傲慢得可笑。哈兹利特[1]当然称得上敏锐、博学且品味高雅，但他竟然把柯勒乔[2]与提香相提并论。理论家们在列举所谓的"绝对美"之作时，莎士比亚、贝多芬（或者，如果他们自诩更高雅，还会加上巴赫）以及塞尚[3]，通常都会榜上有名。前两者（或三者）姑且不论，但他们凭什么确信，塞尚的影响力会延续至后世，就像他在我们这一代人中一样？完全有可能，我们的孙辈看待塞尚，会如同我们今日看待巴比松画派[4]的画家一般——这些昔日备受推崇的艺术家，如今却鲜有人问津。

---

1 哈兹利特（Hazlitt），即威廉·哈兹利特（William Hazlitt, 1778—1830），英国散文家、文学评论家和画家，以其敏锐的文学鉴赏力而著称。

2 柯勒乔（Correggio），即安东尼奥·达·柯勒乔（Antonio da Correggio, 约1489—1534），意大利文艺复兴时期画家，以其感性的绘画风格和光影处理技巧而闻名。

3 塞尚（Cézanne），即保罗·塞尚（Paul Cézanne, 1839—1906），法国后印象派画家，被誉为"现代艺术之父"，其作品对20世纪的艺术发展产生了深远影响。

4 巴比松画派（Barbizon School），19世纪30至70年代以在巴黎附近的巴比松村作画而得名，强调直接观察自然和描绘乡村生活。

我一生中，见证过无数次审美判断的反复无常，因此，实在无法轻信当代的流行观念。济慈[1]说，美的事物是"永恒的喜悦"，但从经验来看，它充其量不过是某个时刻，在我们心中激起某种特殊情感的事物罢了。它若能做到这一点，便已给予了我们关于美所能给予的一切。至于那些对不认同自己审美观点的人嗤之以鼻者，实在荒谬。可笑的是，我们无一幸免，都曾犯过这种错误。

种族的外貌特征，以及随之而来的审美理想，似乎在一两代人之间便能发生剧变。我年轻时，美丽的英国女性往往丰乳、细腰、宽臀，一副宜室宜家的模样。而今日的美人则是苗条修长、窄臀平胸，一身看上去毫无生养能力的骨架。或许，这种变化并非偶然——在一个不再渴望大家庭的社会，这样的体态反倒更受青睐？难道说，女性之所以被认为美丽，恰恰是因为她们看上去不会生养？这是否意味着，女性之美正悄然向男性化转移？

---

[1] 济慈（Keats），即约翰·济慈（John Keats，1795—1821），英国浪漫主义诗人，以其对美和感官的细腻描绘而著称。

如果照片和画像可信,那么19世纪的美国人,大多是瘦削高挑,轮廓分明,鹰钩鼻,长人中,薄嘴唇,方下巴,活脱脱一副英国漫画家笔下的"山姆大叔"。然而,如今的美国人则趋于圆润——圆脸,五官小巧,但轮廓含混不清。他们不耐看。在美国,年轻貌美的女子比比皆是,在步入中年后仍能保持美貌的,却寥寥无几。

...

谦卑是一种被普遍推崇的美德。对于艺术家而言,这一美德倒是再自然不过的选择。毕竟,当他把自己的作品与理想中的目标相较,当他将自己令人失望的尝试与世界的杰作放在一起时,他便会发现,谦卑是所有美德中最容易践行的。没有谦卑,便无望进步;自满,对艺术家而言,无异于慢性毒药。

然而,奇怪的是,我们对他人的谦卑往往感到不安。当别人表现得过于谦卑时,我们反倒会浑身不自在。这种不适究竟源于何处?或许,是因为谦卑中带着一丝奴性的气息,而这冒犯了我们对人类尊严的基本认知。

我雇用过两位女佣来照料我的生活。种植园的监工在做最后的推荐时说道："她们很谦卑。"有时，其中一位女佣会用手指遮住脸庞与我说话，或者紧张地咯咯笑着，小心翼翼地问我是否可以拿走那些我早已丢弃的物品。我真恨不得对她喊道："看在上帝的分上，别这么谦卑了！"

还是说，我们对他人的谦卑感到不适，只是因为它无情地提醒了我们自身的缺陷？

但若是面对上帝，为何要谦卑？就因为上帝更伟大、更聪慧、更强大？这个理由未免牵强。倘若我的女佣因我肤色较白、口袋里钱更多、受过更好的教育，就该在我面前唯唯诺诺，那未免太荒谬了。同理，若上帝也因"天赋异禀"而要求人类谦卑，这要求便显得不合情理。依我看，在创造人类这件事上，上帝大可不必沾沾自喜，反倒应该为自己的手艺感到几分羞愧才对。

（《作家笔记》1941年日记节选，标题为编者所加）

人生真正的信仰，不在神，在自我

生命的意义

如果一个人将上帝的存在和来世的可能性抛诸脑后，认为它们太过缥缈，以至于无法对自己的行为产生任何影响，那么他就必须下定决心自己去搞明白，人生的意义和用途究竟是什么。如果死亡是终结，如果我既不必期盼善报，也不必畏惧恶果，我就必须扪心自问，我为何来到这个世上？在这种境况下，我应当如何自处？

现在，对于其中一个问题的答案是显而易见的，但它却如此令人难以接受，以至于大多数人都不愿直面它。人生并无理由，生命也毫无意义。我们存在于此,不过是在一颗围绕着一颗次要恒星[1]旋转的小小星球上,短暂地栖居片刻,而这颗恒星本身又是无数星系中的一员。或许只有这颗星球能够孕育生命,又或许在宇宙的其他角落,也曾有其他星球具备形成适宜环境的可能性,让某种物质从中演化,历经漫长的时光,逐渐创造出我们人类。而如果天文学家所言不虚,那么这颗星球终将抵达一种状态,届时生命将无法在其上继续存在,而宇宙最终也将达到最终的平衡阶段,那时将万籁俱寂,再无任何变故发生。

在这一切发生之前的亿万年,人类就早已消逝殆尽。难道还能指望,人类是否曾存在过,会在那时有任何意义吗?人类在宇宙历史中,如同一个无关紧要的章节,如同那些记录着原始地球上奇异生物生平故事的章节一样,毫无意义。

那么我必须扪心自问,这一切对我而言有何影响?

---

[1] 次要恒星(minor star),相对于更明亮、更重要的恒星而言,这里指太阳在宇宙中的地位并非中心,仅是众多恒星之一。

如果我想最大限度地利用自己的人生，并从中尽可能地获取一切，我该如何应对这些境况？此时此刻，并非"我"在发声，而是我内心深处，以及每个人内心深处，都存在着一种渴望，渴望延续自身的存在。这是一种利己主义，我们都从那遥远的能量中继承了它，正是这能量在深不可测的过去，最初推动了宇宙之球的滚动。这是一种自我肯定的需求，它存在于每一个活着的生命之中，并使其得以存活。这正是人类的本质所在。

它的满足，便是自我满足，斯宾诺莎[1]曾告诉我们，这是我们所能期盼的最高境界，"因为无人为了任何目的而试图保存其存在"[2]。我们可以认为，意识在人类身上被点燃，是一种工具，旨在使人类能够应对其环境，并且在漫长的岁月中，它的发展程度从未超越应对其

---

[1] 斯宾诺莎（Spinoza），即巴鲁赫·斯宾诺莎（Baruch Spinoza，1632—1677），荷兰哲学家，理性主义哲学的代表人物，以其泛神论和伦理学思想而闻名。

[2] 引自斯宾诺莎《伦理学》（*Ethica Ordine Geometrico Demonstrata*）的名言，强调人的存在本身就是目的，而非为了其他外在目的而存在。

生存实践的关键问题所需的水平。但随着时间的推移，意识似乎超越了人类的直接需求，并且随着想象力的兴起，人类扩展了其环境的范围，将不可见之物[1]也纳入其中。

我们知道，对于那时提出的疑问，人类曾以何种答案来满足自己。那在人类内心燃烧的能量是如此强烈，以至于他们无法容忍对自身重要性的任何怀疑；他们的利己主义是如此包罗万象，以至于他们无法想象自身消亡的可能性。对于许多人而言，这些答案至今仍能令人满意。它们赋予人生意义，并慰藉人类的虚荣心。

大多数人鲜于思考。他们接受自己在世上的存在，他们是盲目的奴隶，被驱使着去满足他们的本能冲动，而当冲动消退时，他们便如同蜡烛之光般熄灭。他们的人生纯粹是本能的。或许他们的生活方式才是更伟大的智慧。但是，如果你的意识已经发展到一定程度，

---

[1] 此处原文为法语，意为"不可见之物""超出感知范围的事物"。在哲学和宗教语境下，常指精神世界、超自然力量、来世等。

以至于你发现某些问题向你袭来,并且你认为旧有的答案是错误的,那么你将如何应对?你将给出怎样的答案?

对于这些问题中的至少一个,两位有史以来最智慧的人给出了他们各自的答案。当你审视这些答案时,它们似乎意味着大致相同的东西,而我并不确定那究竟有多少意义。

亚里士多德曾说过,人类活动的最终目的是正当行为[1];歌德则认为,生命的秘诀在于活着[2]。我猜想,歌德的意思是,当人实现自我价值时,他便最大限度地利用了自己的人生;他不太尊重那种受一时兴致和不受约束的本能支配的生活。但是,自我实现的难点在于,要将你所拥有的每一种才能都发展到最高境界,以便从人生中尽可能地汲取快乐、美、情感和趣味,而他人的诉求却会不断地限制你的活动。因此,道德

---

1 在亚里士多德伦理学中,指符合理性、追求德性的行为,是实现幸福人生的途径。

2 歌德此处强调的"活着"不仅仅是生理意义上的生存,更指积极体验生命、充分发展自身潜能的生活状态。

家们虽然被这一理论的合理性所吸引,却又对它的后果感到恐惧,他们不惜笔墨,极力证明,一个人在牺牲和无私中,才能最完全地实现自我。这当然不是歌德的意思,而且这似乎也并非事实。很少有人会否认,自我牺牲确实能带来一种独特的愉悦,并且,只要它为活动提供了一个新的领域,并为发展自我的新面向提供了机会,那么它在自我实现中就具有价值。但是,如果你的目标仅仅是以不干涉他人追求同一目标为前提的自我实现,那么你将不会取得太大进展。这样的目标需要相当程度的冷酷无情和对自我的沉溺,这会冒犯他人,并因此常常使自身受挫。正如我们所知,许多与歌德接触过的人都对他的冷若冰霜的利己主义感到愤怒。

或许,我不甘心墨守成规,步那些比我聪明得多的人的后尘,这显得有些自负。但即便我们彼此之间多么相似,我们终究没有谁是完全相同的(我们的指纹就能证明这一点),而且我想不出有什么理由,让我不能尽可能地选择自己的道路。我一直力图塑造自己人生的模式。我想,这可以被描述为一种带有鲜明反讽意味的自我实现,即在困境中尽力而为。但一个问题随之而来,我意识到,在某些地方,我曾理所当然地认为自由意志是存在的。我曾说过,我似乎有能力随心所欲地塑造自己的意图,并指导自己的行动。而在另一些地方,我又似乎接受了决定论。如果我是在撰写一部哲学著作,这种首鼠两端的态度将是可悲的。但我并无此奢望。作为一个业余爱好者,我又怎能指望解决一个连哲学家们都仍在争论不休的问题呢?

或许,最明智的做法是对此问题置之不理,但碰巧的是,这正是小说家格外关注的问题。因为作为一名作家,他发现自己被读者们强迫接受严格的决定论[1]。观众有多么不愿意接受舞台上人物的冲动。如今,冲动仅仅是一种行动的内驱力,行动者并未意识到其动机,它类似于直觉,即你在没有意识到其理由的情况下做出的判断。

---

1 严格的决定论(rigid determination),此处指读者和观众在理解故事人物行为时,倾向于接受符合逻辑因果关系的、被严格决定的行为模式。

然而，尽管冲动有其动机，但观众不会接受它，因为这种动机并不明显。戏剧的观众和书籍的读者坚持要知道行动的原因，并且除非理由充分，否则他们不会承认其可能性。每个人都必须表现得符合人物性格，这意味着他必须做出符合他们根据对其了解而期望他做出的事情。为了说服他们接受那些在现实生活中他们会毫不犹豫地接受的巧合和意外事件，必须运用狡猾的手段[1]。他们都是彻头彻尾的决定论者，而任何玩弄他们这种顽固偏见的作家都将一败涂地。

但是，当我回顾自己的人生时，我不禁注意到，有多少对我产生至关重要影响的事情，是源于那些容易被视为纯粹偶然的境遇。决定论告诉我们，选择会沿着最强动机的最省力路线前进。我并没有意识到自己总是遵循最省力的路线，而且即便我确实遵循了最强动机，但这一动机也是一个关于我自己的想法，而这一想法是我逐渐形成的。

---

[1] 狡猾的手段（cunning），此处指作家为了让读者接受故事中的巧合和意外，需要运用写作技巧，巧妙地设置情节和人物行为。

国际象棋的比喻，尽管是老生常谈，但在这里出奇地贴切。棋子是既定的，我必须接受每个棋子特有的行动模式，我必须接受与我下棋的人的招法。但在我看来，我似乎有能力根据自己的喜好和厌恶，以及我为自己设定的理想，在我这边走出自己自由意志的招法。在我看来，我有时似乎能够付诸一种并非完全被决定的努力。如果这是一种幻觉，那也是一种有其自身效力的幻觉。我现在知道，我走出的招法常常是错误的，但它们以这样或那样的方式朝着既定目标前进。我希望自己没有犯下许多错误，但我并不为此感到遗憾，现在我也不希望它们被抹去。

我认为，持有这样一种观点并非不合理：宇宙中的一切事物共同作用，影响我们的每一个行动，而这自然包括我们所有的观点和欲望。但是，一旦执行，一个行动是否从永恒之初就已不可避免；只有当你下定决心，是否有一些事件，即布罗德博士[1]称之为因果

---

[1] 布罗德博士（Dr. Broad），即查理·邓巴·布罗德（Charlie Dunbar Broad, 1887—1971），英国哲学家，以其对科学哲学、心理学和伦理学的研究而闻名。

始祖的事件，它们并非完全被决定时，才能做出判断。

早在很久以前，休谟[1]就已表明，因果之间没有内在联系可以被心智感知到。而近来，不确定性原理的提出，揭示了一些表面上无法归因原因的事件，这使得人们对科学迄今为止所赖以建立的那些规律的普遍有效性产生了怀疑。看起来，似乎又不得不将偶然性考虑在内了。但是，如果我们并非确定无疑地受因果律的束缚，那么或许我们的意志是自由的，就并非一种幻觉。

值得记住的是，我们这个时代最杰出的两位科学家对海森堡[2]的原理持怀疑态度。普朗克[3]已经声明，他相信进一步的研究将扫除这种反常现象，而爱因斯坦

---

1 休谟（Hume），即大卫·休谟（David Hume，1711—1776），苏格兰哲学家，经验主义哲学的代表人物，对因果关系持怀疑态度。

2 海森堡（Heisenberg），即维尔纳·海森堡（Werner Heisenberg，1901—1976），德国物理学家，量子力学的创始人之一，不确定性原理的提出者。

3 普朗克（Planck），即马克斯·普朗克（Max Planck，1858—1947），德国物理学家，量子力学的奠基人之一，提出量子理论。

则将基于该原理的哲学思想描述为"文学作品"[1]。我恐怕这只是他委婉地称其为胡说八道的说法。

物理学家们自己也告诉我们,物理学正在突飞猛进地发展,只有通过密切关注期刊文献才能跟上它的步伐。基于一种如此不稳定的科学所提出的原理来建立理论,无疑是轻率的。薛定谔本人也表示,目前对这个问题做出最终和全面的判断是不可能的。普通人有理由保持中立,但或许明智的做法是让自己的双腿倾向于决定论的那一边。

(本文节选自《总结》,标题为编者所加)

---

[1] 文学作品(literature),此处爱因斯坦用"文学作品"来形容基于不确定性原理的哲学思想,带有轻蔑和不屑的意味,暗示这些哲学思想缺乏科学严谨性,更像是主观臆断的文学创作。

我唯一能确定的事，是我对其他一切都无法确定

人生已有哲学

当我着手写这本书时，我就已提醒读者，或许我唯一能确定的事，就是我对一切都无法确定。我试图整理自己对各种主题的想法，并且我没有要求任何人认同我的观点。在修订我所写的内容时，我删去了许多地方的"我认为"这样的字眼。因为尽管它们自然而然地流淌于笔端，但我发现它们冗赘乏味。读者应理解，这些字眼实际上是在限定我说的每一句话。而现在，我比以往任何时候都更迫切地重申，我所呈现的仅仅是我个人的私下确信。

也许它们是肤浅的，也许其中一些是自相矛盾的。由各种偶然的经验累积，并被特定人格着色的思想、情感和欲望所产生的推测，不太可能像欧几里得[1]的命题那样符合逻辑的精确性。当我谈论戏剧和小说时，我写的是自己通过实践有所了解的东西，但现在当我开始处理哲学家们探讨的议题时，我并没有比任何一个度过了多年忙碌而有着多姿多彩人生的普通人掌握更多专门的知识。

人生亦是一所哲学院校，但更像是那种现代幼儿园，孩子们被放任自流，只研究那些能激起他们兴趣的科目。他们的注意力被那些似乎对他们有意义的事物所吸引，而对那些与他们不直接相关的事物则视而不见。在心理学实验室里，老鼠被训练在迷宫中找到出路，很快，通过试错法，它们找到了通往它们所寻食物的路径。在我现在所从事的这些议题中，我就像其中一只老鼠，在复杂迷宫的路径中匆忙奔走，但我并不确定这个迷宫是否有一个中心，在那里我能找到我所寻求的东西。就我所知，所有的巷道都可能是死胡同。

---

[1] 欧几里得（Euclid），约公元前300年的古希腊数学家，被誉为"几何学之父"。其著作《几何原本》（*Elements*）是数学史上的经典之作。

我最初接触哲学,是通过库诺·费舍尔[1]的讲座,那是我在海德堡时旁听的,他在那里享有盛誉。那个冬天,他正在开设一个关于叔本华的系列讲座。讲座场场爆满,人们不得不早早排队才能抢到好座位。他身材矮壮,衣着整洁,脑袋圆圆的,头发雪白且向上竖起,面色红润。他的小眼睛又快又亮。他长着一个滑稽的、扁平的朝天鼻,仿佛被人迎面一拳打扁了似的,你更有可能把他看作是一位退役的拳击手,而不是一位哲学家。他是个幽默家,的确写过一本关于机智的书,我当时读过,但已经完全忘记了。他的学生听众不时爆发出哄堂大笑,因为他又讲了个笑话。他的嗓音洪亮,是一位生动、令人印象深刻且激动人心的演说家。我那时太年轻,也太无知,以至于无法理解他所说的大部分内容,但我对叔本华古怪而独创的人格留下了非常清晰的印象,并对他的体系的戏剧性和浪漫性产生了一种模糊的感觉。事隔多年,我对于当时的理解是否准确已不敢妄言,但我总觉得库

---

[1] 库诺·费舍尔(Kuno Fischer, 1824—1907),德国哲学家和哲学史家,以其对康德和叔本华的研究而闻名。

诺·费舍尔是将叔本华的哲学体系当作一件艺术品来赏析,而非将其视为对形而上学的严肃贡献。

自那以后,我阅读了大量的哲学著作。我发现哲学著作非常值得一读。事实上,在各种伟大的主题中,对于那些以阅读为需求和乐趣的人来说,哲学著作提供的阅读素材是最丰富多彩、最浩如烟海且最令人满足的。古希腊令人神往,但从阅读量来看,古希腊题材的内容还是不够丰富。总有一天,你会读完仅存的少量古希腊文学作品,以及所有关于古希腊的重要论著。

意大利文艺复兴也同样引人入胜,但相比之下,这个主题就显得狭小了。它所蕴含的思想寥寥无几,并且你会对文艺复兴时期的艺术感到厌倦,因为它的创造力早已枯竭,剩下的只有优雅、魅力和对称(这些特质即便再多,也会令人感到腻烦)。你也会对文艺复兴时期的人物感到厌倦,因为他们的多才多艺都落入了过于单一的模式。你可以永远阅读关于意大利文艺复兴的书籍,但你的兴趣会在素材耗尽之前就已衰退。

法国大革命是另一个可能吸引人们注意力的主题，它的优势在于它的现实意义。它在时间上离我们很近，因此我们只需稍稍发挥想象力，就能把自己代入那些发动革命的人们中。他们几乎是我们的同时代人。他们的所作所为和所思所想都影响着我们今天的生活。从某种意义上说，我们都是法国大革命的后裔。而且关于法国大革命的素材是浩如烟海的。与它相关的文献数不胜数，关于它的讨论也永无止境。你总能找到新鲜有趣的东西来读。但它并不能令人完全满足。它直接产生的艺术和文学作品微不足道，因此你不得不转向研究那些发动革命的人们，而你读得越多，就越会对他们的平庸和粗俗感到沮丧。世界历史上最伟大戏剧之一的演员们，可悲地无法胜任他们的角色。你最终会带着淡淡的厌恶感而远离这个主题。

但形而上学永远不会让你失望。你永远无法穷尽它。它如同人类灵魂般变幻莫测。它具有伟大的品质，因为它所处理的，正是整个知识体系。它探讨宇宙、上帝和永生，人类理性的属性和人生的目的、意义，人类的力量和局限性。即使它无法回答人们在这个黑暗而神秘的世界旅程中所面临的疑问,它也能说服人们以达观的态度来承受自己的无知。它教导人们顺从命运,并灌输勇气。它既诉诸想象力,也诉诸智力,而且对于业余爱好者来说(我想,更是如此,而非对于专业人士),它为那种沉思冥想提供了素材,而沉思冥想正是人们在消磨闲暇时光时所能获得的最美妙的乐趣。

自从受到库诺·费舍尔讲座的启发,我开始阅读叔本华以来,已经几乎读完了所有伟大的古典哲学家的最重要著作。尽管在这些著作中,我有很多东西并没有理解,或许甚至没有像自己以为的那样理解那么多,但我却以极大的热情阅读了它们。唯一让我始终感到厌倦的是黑格尔。这无疑是我的问题,因为他在十九世纪哲学思想上的影响证明了他的重要性。我发现他极其冗长,而且我始终无法接受他那种在我看来近乎诡辩的论证方式,他似乎总能证明任何他想证明的东西。或许我对他的偏见来自叔本华也对他嗤之以鼻。除了他,我对于其他的哲学家,从柏拉图开始,我一个接一个地臣服于他们,就像旅行者冒险进入一个未知的国度,享受着其中的刺激和愉悦。

我并非以批判的眼光去阅读,而是像阅读小说一样,为了从中获得兴奋和快乐。(我之前已经承认过,我阅读小说不是为了学习知识,而是为了获得乐趣。我恳请读者谅解。)作为一个性格研究者,我从这些不同作家所提供的自我剖析中获得了巨大的乐趣。我看到了隐藏在哲学背后的"人"的形象,并为我在某些哲学家身上发现的高尚品格而感到振奋,也为我在另一些哲学家身上察觉到的古怪之处而感到忍俊不禁。当我头晕目眩地跟随普罗提诺[1]从"孤独到孤独"的飞升时,我感到一种奇妙的兴奋。尽管我后来了解到,笛卡尔从他有效的前提中得出了荒谬的结论,但我仍然被他表达的清晰性所深深吸引。阅读他的著作,就像在清澈见底的湖水中游泳,那晶莹剔透的湖水令人精神焕发。我将第一次阅读斯宾诺莎的经历视为我生命中最重要的体验之一。它让我充满了那种只有在看

---

[1] 普罗提诺(Plotinus,205—270),古罗马哲学家,新柏拉图主义的代表人物,强调"太一"(The One)是万物的本源。

到雄伟山脉时才会产生的庄严感和令人欢欣鼓舞的力量感。

而当我开始阅读英国哲学家时,我或许带有一点先入为主的偏见,因为我在德国时就被灌输了一种观念,即除了休谟,英国哲学家都微不足道,而休谟的唯一重要性在于康德驳倒了他。但我发现,英国哲学家除了是哲学家,还是非常出色的作家。尽管他们可能不是非常伟大的思想家(对此我不敢妄加评判),但他们无疑是非常有趣的人。我想,很少有人在阅读霍布斯[1]的《利维坦》时,不会被他那粗鲁、直率的"约翰牛"式[2]的个性所吸引,而且肯定没有人能在阅读贝克

---

1 霍布斯(Hobbes),即托马斯·霍布斯(Thomas Hobbes,1588—1679),英国哲学家,政治哲学的奠基人之一,以其著作《利维坦》(*Leviathan*)和对社会契约论的阐述而闻名。

2 "约翰牛"式(John Bullishness),"约翰牛"是英国的民族象征,通常被描绘成一个务实、直率、有时略显粗鲁的英国乡绅。此处形容霍布斯的性格具有这种典型的英国人特点。

莱的《对话录》¹时,不被那位令人愉悦的主教的魅力所倾倒。尽管康德可能确实推翻了休谟的理论,但我认为,不可能有人能以比休谟更优雅、更温文尔雅和更清晰的文笔来撰写哲学著作了。

所有这些英国哲学家,当然也包括洛克²在内,他们所使用的英语,都非常值得文体研究者去学习。在开始写小说之前,我有时会重读《老实人》³,以便让那种清晰、优雅和机智的试金石在我脑海中萦绕。我总觉得,如果当今的英国哲学家们在着手创作之前,也

---

1 贝克莱(Berkeley),即乔治·贝克莱(George Berkeley,1685—1753),爱尔兰哲学家、主教,经验主义哲学的代表人物之一,以其唯心主义哲学和"存在即被感知"(Esse est percipi)的观点而著称。《对话录》(*Dialogues*)指的正是他的哲学著作《许拉斯与斐洛诺斯的三篇对话》(*Three Dialogues between Hylas and Philonous*),该著作以对话的形式阐述了贝克莱的唯心主义哲学。

2 洛克(Locke),即约翰·洛克(John Locke,1632—1704),英国哲学家、医生,启蒙运动时期最具影响力的思想家之一,经验主义哲学的代表人物之一,以其政治哲学和自由主义思想而闻名。

3 《老实人》(*Candide*),伏尔泰(Voltaire)的代表作,是一部讽刺小说,以其简洁明快的文风和辛辣的讽刺而著称。

能先让自己接受一下阅读休谟的《人类理解研究》[1]的熏陶，那也绝不会有什么坏处。因为现在他们的写作风格并非总是那么杰出。也许他们的思想比他们的前辈们要精妙得多，以至于他们不得不使用一套自己发明的专业术语，但这是一种危险的做法。当他们处理那些与所有具有反思精神的人都息息相关的议题时，人们只能遗憾他们无法将自己的意思表达得足够明白，以便所有读者都能理解。

有人告诉我，怀特海教授[2]拥有目前从事哲学思考的人中最独具匠心的头脑。在我看来，遗憾的是，他并非总费尽心思地把自己的意思表达清楚。斯宾诺莎曾提出一个很好的原则，即使用那些惯常含义，而不是那些与他想要赋予它们的含义完全对立的词语来指明事物的性质。

---

1 《人类理解研究》(*Inquiry Concerning the Human Understanding*)，大卫·休谟的代表作之一，该书对人类知识的来源、范围和确定性进行了深入的探讨。

2 怀特海教授（Professor Whitehead），即阿尔弗雷德·诺思·怀特海（Alfred North Whitehead, 1861—1947），英国数学家、哲学家，与伯特兰·罗素合著《数学原理》(*Principia Mathematica*)。

...

哲学家不是不能同时成为文学家,然而,文笔流畅并非与生俱来,而是一门需要勤奋研习的艺术。哲学家不仅仅是对其他哲学家和攻读学位的大学生们讲话,他们也是在对文学家、政治家以及那些直接塑造下一代思想的富有思考力的人们讲话。这些人,自然而然地,会被那些引人注目且不难理解的哲学所吸引。

我们都知道尼采的哲学如何影响了世界的某些角落,并且鲜有人会认为这种影响是积极的。它之所以盛行,并不是因为其思想的深刻性(即便它可能具有某种深刻性),而是因为其生动的文风和有效的形式。不愿费力将自己表达清楚的哲学家,只能表明他认为自己的思想不过是学院派的价值,并无其他。

然而,让我感到些许安慰的是,我发现有时即便是专业的哲学家们也彼此不理解。布拉德利[1]经常承认,

---

[1] 布拉德利(Bradley),即弗朗西斯·赫伯特·布拉德利(Francis Herbert Bradley, 1846—1924),英国哲学家,新黑格尔主义的代表人物。

他常常困惑于与他争论的某人究竟意欲何为；怀特海教授也在某处指出，布拉德利说的某些话超出了他的理解能力。既然最杰出的哲学家们都不能互相理解，那么门外汉时常不理解他们也就完全可以释然了。当然，形而上学是困难的。这是理所当然的。门外汉如同走钢丝，却没有平衡杆，如果他能勉强挣扎着安全着陆，就应该心怀感激了。这番冒险本身就足够刺激，值得他去冒跌落的风险。

我曾因一种观点而深感不安，这种观点在各处流传，声称哲学是高等数学家的专属领域。尽管我很难相信，如果知识真如进化论所暗示的那样，是为了在生存斗争中服务于实际目的而发展起来的，那么知识的总和，这种对全人类福祉至关重要的东西，怎么可能仅仅为一小部分天生就具有罕见天赋的人保留呢？我本可能因此而退却，不再继续我在这方面的愉悦研习，毕竟我没有数学头脑。但幸运的是，我偶然读到布拉德利承认自己对这门深奥的科学知之甚少。而布拉德利绝非等闲之辈的哲学家。我们知道，不同人的味觉各不相同，但没有味觉，人类就会灭亡。除非你是数学物理学家,否则你就不能对宇宙和人类在宇宙中的位置、邪恶的奥秘以及现实的意义持有合理的理论。似乎就像你不能享用一瓶红酒,除非你拥有训练有素的鉴赏力,能够毫不费力地分辨出二十种不同年份的波尔多红酒一样。这些都是不可思议的。

因为哲学并非仅仅关乎哲学家和数学家,它关乎我们所有人。诚然,我们大多数人对于哲学所处理的问题的看法都是道听途说而来的,并且大多数人甚至不知道自己有什么哲学。但哲学是隐含在最不经意的人身上的。第一个说出"覆水难收"的老妇人,在她自己的方式里,也是一位哲学家。因为她这句话的意思难道不是说后悔是无用的吗?这其中就蕴含着一套完整的哲学体系。

决定论者认为,你在生活中迈出的每一步,都必然由你当下的状态所驱动,而"你"不仅仅是你的肌肉、神经、内脏和大脑,还是你的习惯、观点和想法。无论你多么不曾意识到它们,无论它们多么矛盾、不合理和带有偏见,它们都在那里,影响着你的行动和反应。即使你从未将它们诉诸言语,它们也是你的哲学。

也许大多数人最好还是不要将这些明确表达出来。他们拥有的，很难说是思想，至少不是有意识的思想，而是一种模糊的感觉，一种类似于生理学家不久前发现的肌肉感觉的体验。这种体验来自他们所处社会流行的观念，并被他们自身的经验略微修正。他们过着井然有序的生活，而这种混乱的思想和感觉的集合已足够。因为它包含了些许来自时代智慧的结晶，所以对于日常生活的普通目的来说，它是足够的。

但我试图构建属于我自己的模式，并且从很小的时候就开始试图找出自己必须处理的要素。我想尽可能地了解宇宙的总体结构；我想确定自己是否只需要考虑今生，还是存在来世；我想探索自己是否是一个自由意志的主体，或者说，我可以按照自己的意愿来塑造自己只是一种幻觉；我想知道生命是否有意义，或者是否必须由我去赋予它意义。因此，我便以一种漫无目的的方式开始阅读。

（本文节选自《总结》，标题为编者所加）

并非所有真相都适宜说出

真的意义

人类的自我中心意识使他们不愿接受"人生毫无意义"这一事实。当他们不幸地发现自己再也无法相信存在一个更高的力量，并自欺欺人地认为自己可以为之效力时，他们便转而构建出某些超越"即时福祉"的价值，以此来赋予人生的意义。

世代相传的智慧从中遴选出三者，奉为最崇高的价值。为追求它们本身而努力，似乎能赋予人生某种意义感。尽管这些价值无疑也具有生物学上的功用，但它们表面上呈现出一种无私的表象。这种表象使人类产生一种错觉，仿佛通过追寻这些价值，他们便能从人性的束缚中挣脱出来。这些价值的"高尚性"增强了他们那

"摇摆不定"的"精神意义感",而且,无论结果如何,对它们的追求似乎都能为他们的努力赋予正当性。"荒漠中广阔存在的绿洲",由于不知晓其旅程的终点在何处,他们便自我说服地认为,无论如何,这些"绿洲"都是值得抵达的,并且在那里,他们将找到"安宁"和"其问题的答案"。这三种价值便是"真""美""善"。

我总觉得,"真"能在价值的榜单上占有一席之地,实乃出于修辞的考量。人类赋予了"真"诸多伦理品质,例如勇气、荣誉和精神的独立性。这些特质固然常见于人类对"真"的坚守,但说到底,它们与"真"本身其实并无关联。

人类在"真"之中,找到了一个绝佳的自我标榜的契机,以至于他们可以对"真"所带来的任何牺牲都置之不理。如此一来,他们真正在意的只是自己,而非"真"本身。若说"真"是一种价值,那也仅仅因为它符合事实,而绝非因为说出真相需要勇气。然而,"真"不过是评判的属性罢了。因此,人们或许会认为,它的价值在于它所评判的对象,而非"真"本身。一座连接两座伟大城市的桥梁,自然远胜于一座通往荒芜之地的桥梁。

再者，倘若"真"委实是终极价值之一，那令人不解的是，似乎没人能确切说清"真"究竟为何物。"哲学家们"至今仍然为了"真"的意义争论不休，而那些立场相悖学说的拥趸们，也互相讥讽嘲弄。面对这般情形，普通人唯有置身事外，并以"普通人的真理"聊以自慰。这种"真理"格局狭小，不过是对某些具体存在之物做出判断。它仅仅是对客观事实的一种简单陈述。若说这也能算作一种价值，我们恐怕不得不承认，再没有哪种价值比它更遭到漠视了。

伦理学著作中罗列了长长的清单，细数在何种情况下可以"合法地隐瞒真理"；那些作者其实完全可以省下这番功夫。"世代相传的智慧"早已断言："并非所有真相都适宜说出。"人类总是为了满足虚荣心、追求安逸和捞取好处而牺牲真相。他们并非依靠真理而活，而是仰仗自欺欺人。在我看来，他们的理想主义，不过是竭力将真理的光环加诸于他们为了自我膨胀而捏造的虚构之物上罢了。

（本文节选自《总结》，标题为编者所加）

略带缺憾的作品更能激发想象，完美反而令人沉闷

美的内涵

过去多年，我曾认为唯有美才能赋予生命意义，芸芸众生在这地球上繁衍生息，其唯一目的似乎只是为了偶尔孕育出一位艺术家。我曾断言，艺术作品是人类活动的巅峰之作，是为人类所有苦难、无尽劳作与徒劳挣扎的最终辩解。为了米开朗琪罗能在西斯廷教堂的穹顶上绘出那些人物，为了莎士比亚能写出那些言辞，为了济慈能谱写他的颂歌，我曾觉得，即使要为此付出千百万无名之辈的生老病死与苦难煎熬的代价，亦在所不惜。尽管后来我修正了这种偏激的想法，将"美好的生活"也纳入能赋予生命意义的艺术作品之列，但我珍视的，依然是美本身。然而，所有这些观念，我早已摒弃。

首先,我发现美是一条"死胡同"。当我凝视美好的事物时,我发现自己除了注视和赞叹,便无事可做。美带给我的情感固然美妙,但我无法将其留存,也无法无限重复这种体验。世间最美好的事物,最终也会让我感到厌倦。

我注意到,那些略带缺憾的作品,反而能给我带来更为持久的满足感。正是因为它们未能臻于完美,才为我的想象力留下了更广阔的驰骋空间。而在那些最伟大的艺术杰作中,一切都已被完美实现,我无从置喙;我那颗躁动不安的心灵,也厌倦了这种被动的观赏。在我看来,美就像是山峰之巅,一旦登顶,便只剩下下山的路可走。完美,未免有些乏味。颇具讽刺意味的是,我们毕生追求的"完美",或许恰恰是不尽善尽美才更佳。

我想,我们所谓的"美",通常指的是那些能够满足我们审美感知的客体,可以是精神层面的,但更多时候是物质层面的。然而,这种定义与告诉你"水是湿的"并无本质区别,对理解"美"的帮助微乎其微。为了更清晰地理解"美"的内涵,我曾研读过不少权威著作，也曾与许多沉浸于艺术世界的人士深入交流。但遗憾的是，无论是书本还是他们，都未能让我获益良多。

我注意到一个极为奇特的现象，那就是对美的评判，从来都不是恒定不变的。博物馆里陈列着无数曾被某个时代的最高雅品味奉为至美的器物，但在我们今天看来，却毫无价值，甚至在我有生之年，也目睹了诗歌和绘画作品中"美"的消逝，那些曾几何时令人心醉的作品，如今已然色衰，如同晨曦下的霜花般转瞬即逝。即便我们再怎么自负，也难以相信我们当下的审美判断是终极真理。

我们今天奉为至美的，或许会在后代眼中变得鄙俗不堪，而我们今天所不屑一顾的，则有可能被后人奉为圭臬。由此得出的唯一结论是，美是相对于特定时代的需求而言的，因此，去探究我们所认为的美的事物是否具备绝对的美的品质，是徒劳无功的。

如果说美是赋予生命意义的价值之一，那么，它也是一种不断变化的事物，因而无法被分析、解读。

因为正如我们无法闻到我们祖先闻到的玫瑰花香一样,我们也无法真切地体会到他们感受到的美。

我曾尝试从美学著述中探寻,究竟是人类天性中的何种特质,使我们能够产生对"美"的感知,而这种"美感"又究竟为何物。人们常常谈论"审美本能",这个词似乎将"审美"置于人类本能的行列之中,与饥饿、性欲等并列,同时又赋予它某种特定的品质,以迎合哲学上对"统一性"的渴求。于是,便有了诸如"审美源于表达的本能""源于生命力的""源于对绝对的神秘感知"等,不一而足。

依我之见,所谓"审美"根本就不是一种本能,而是一种身心状态,它固然部分根植于某些强大的本能,但也融合了人类在进化过程中形成的特质,以及生活中常见的各种境遇。"审美"与性本能之间存在密切关联,这一点似乎已为普遍认同的事实所印证。那些拥有异常敏锐审美感的人,其性取向往往偏离常态,甚至达到病态的程度。

在人类的身心构造中,或许存在某种内在机制,使得某些特定的音调、节奏和色彩对人类具有特殊的吸引力，这或许可以从生理层面解释我们所认为的"美"的构成要素。但我们之所以认为某些事物是美的，也可能是因为它们让我们联想到我们所爱的人、物、场所，或者那些被时间赋予了情感价值的事物。我们认为某些事物是美的，是因为我们认出了它们，反之，我们也可能因为事物的新奇而感到美。所有这些都表明，联想，无论是相似联想还是对比联想，都在审美情感中扮演着重要的角色。

唯有"联想"，才能解释"丑"的审美价值。我不知道是否有人研究过时间对"美"的创造作用。我们对某些事物了解得越深入，就越能发现它们的美，这固然不假，但更准确地说，是后世之人从这些事物中所获得的愉悦感，在某种程度上为它们增添了美。

我想，这或许可以解释，为何有些作品，它们的美在今天看来是如此显而易见，但在初次面世时，却未能引起世人的广泛关注。我隐约觉得，济慈的颂歌，比他创作之时更显美妙。无数曾从他的诗作之美中获得慰藉与力量的人们，也将他们的情感融入其中，使之更加丰富隽永。

因此，我绝不认为审美情感是一种单一而纯粹的体验，相反，我认为它是一种极为复杂的情感，由各种各样甚至常常是相互冲突的元素构成。那些美学家们或许会说，你不应该因为一幅画或一部交响曲让你感到情欲涌动，或者因为勾起了你对某些久远场景的回忆而让你潸然泪下，或者因为其引发的联想而使你沉醉于神秘的狂喜之中，就认为它触动了你的审美情感。但事实就是如此。而这些方面，与那种纯粹的、不带任何功利色彩的对平衡与构图的欣赏一样，都是审美情感不可分割的组成部分。

那么，面对一部伟大的艺术作品，人们究竟会做何反应？例如，当我们凝视卢浮宫里提香的《基督下葬》，或者聆听瓦格纳的《纽伦堡的名歌手》中的五重唱时，我们的感受究竟是什么？至少我知道我自己的感受。那是一种令人兴奋的情感；它让我感到一种振奋，这种振奋是理性的，但又充满了感官上的愉悦；它让我感到一种幸福，在这种幸福中，我似乎能感受到一种力量，以及一种从人世束缚中解脱出来的自由；

与此同时，我又感到内心充满了温柔，这种温柔饱含着对人类的同情；我感到身心放松，宁静平和，却又精神超脱。

的确，有时，当我凝视某些画作或雕塑，聆听某些音乐时，我所体验到的情感是如此强烈，以至于我只能用神秘主义者描述上帝时的词语来形容。这便是我为何认为，这种与更宏大相通的感觉，并非宗教人士的专利，而是可以通过祈祷和斋戒之外的其他途径来达到。

然而，我也不禁自问，这种情感究竟有何用处？它固然令人愉悦，而快乐本身就是好的，但它究竟有何过人之处，以至于它比其他快乐都更为高级，以至于仅仅将其称为"快乐"都似乎是对它的贬低？难道边沁[1]真的如此愚蠢吗？他曾说过，一种快乐与另一种快乐并无本质区别，如果快乐的量相等，"掷硬币"与

---

[1] 边沁，即杰里米·边沁（Jeremy Bentham, 1748—1832），英国功利主义哲学家、法学家。他的哲学思想强调"最大多数人的最大幸福"是道德和法律的最高原则。

"诗歌"并无高下之分？神秘主义者对这一问题给出了明确的回答。他们认为，狂喜若不能增强人的品格，不能使人更有能力做出正确的行为，便毫无价值。狂喜的价值在于它的实际效用。

我的人生际遇，使我有幸与许多具有审美感知的人相处。我这里所说的，并非指艺术创作者。在我看来，艺术创作者与艺术欣赏者之间存在着巨大的差异，创作者之所以进行创作，是源于他们内心深处的那种强烈的冲动，这种冲动驱使他们将自己的个性外化。至于他们创作出的作品是否具有美感，那只是一个偶然的结果，美感极少是他们刻意追求的目标。他们的目标，是将压迫着他们灵魂的重负卸下，而他们所使用的手段，无论是笔、颜料还是泥土，都只是他们天生就具备的一种才能。

我现在所说的，是指那些将艺术的欣赏与沉思视为人生要务的人。我对这些人实在没有什么好感。他们虚荣自负，不谙世事。他们鄙视那些谦卑地履行命运所赋予他们的平凡职责的人。仅仅因为他们读过许多书，看过许多画，就自以为高人一等。他们利用艺术来逃避现实生活,并以他们那愚蠢的、对世俗事物的蔑视,否定了人类基本活动的价值。他们其实与瘾君子没什么两样,甚至可能更糟,因为至少瘾君子不会把自己摆在一个高高在上的位置,俯视自己的同胞。

艺术的价值,如同神秘之旅的价值一样,在于其影响。如果艺术仅仅只能带来愉悦,哪怕这种愉悦再怎么崇高,也无关紧要,或者至少,它并不比一打牡蛎和一品脱蒙哈榭白葡萄酒更重要。如果艺术可以作为一种慰藉,那倒也还不错,这个世界充满了不可避免的苦难,人类能有一些可以不时退避其中的"隐居之所",也是一件好事,但退避的目的不是为了逃避苦难,而是为了积蓄新的力量去面对苦难。因为艺术,如果要被视为人生最重要的价值之一,就必须教会人们谦逊、宽容、智慧和宽宏大量。艺术的价值不在于美,而在于"正当的行为"。

如果说美是人生最重要的价值之一,那么,使人们能够欣赏美的审美感知力,就不应该成为少数人的特权,这似乎是难以置信的。我们不能认为,一种只有少数"精英"才能分享的感知,可以是人类生活的必需品。然而，这正是那些唯美主义者所宣称的。

我必须承认，在我年轻的、略显愚蠢的岁月里，当我将艺术（其中也包括自然之美，因为我当时，乃至现在仍然非常认同，自然之美与绘画或交响乐一样，都是由人类构建起来的）视为人类努力的巅峰之作，视为人类存在的根据时，我曾一度感到一种病态的满足，因为我认为只有少数"天选之人"才能欣赏艺术之美。但这种观念早已让我深恶痛绝。

我不相信美是少数人的专属品，而倾向于认为，一种艺术表现形式，如果其意义只能为少数接受过特殊训练的人所理解，那么，它就如同它所吸引的那个小圈子一样，微不足道。唯有能够被所有人欣赏的艺术，才是伟大而意义深远的艺术。小圈子艺术不过是一种玩物罢了。我不明白为何要区分"古代艺术"与"现代艺术"。

艺术，就只是艺术，别无其他。艺术是鲜活的。试图通过强调艺术品的历史、文化或与考古学关联来赋予其生命力，是毫无意义的。一件雕塑是由古代希腊人还是现代法国人雕刻而成,无关紧要。它唯一的重要性在于,应该在此刻此地给我们带来审美上的刺激,并且,这种审美上的刺激应该促使我们去"行动"。如果艺术想要超越自我放纵和自我陶醉,它就必须增强你的品格,使你更适合"正当的行为"。尽管我不太喜欢这个推论,但我不得不接受它,那就是,艺术作品必须以其"成果"来评判,如果其"成果"不佳,那便毫无价值。

有一个奇怪的事实,我们必须将其视为事物本性的一部分并接受它,尽管我对此一无所知,那就是,艺术家只有在"无意为之"的情况下,才能实现这种效果。如果一位艺术家根本没有意识到自己正在布道,那他的"布道"往往是最有效的。蜜蜂为了自己的目的而产出蜂蜡,却并不知道人类会将其用于各种各样的用途。

(本文节选自《总结》,标题为编者所加)

善,是对残酷人生的幽默反驳

善的本质

无论是真还是美,似乎都无法断言其具有内在价值。那么,"善"又如何呢?

但在谈论"善"之前,我想先说说"爱",因为有些哲学家认为,"爱"涵括所有价值,并将其奉为人类的最高价值。

柏拉图主义和基督教共同赋予了"爱"一种神秘的意义。这个词语本身所带有的联想,也使其比朴实的"善"更令人心潮澎湃。相比之下,"善"显得有些乏味。然而,"爱"有两种含义:一种是纯粹的、简单的爱,即性爱;另一种是仁爱。

我认为,即使是柏拉图,也未能仔细区分二者。在我看来,他似乎将性爱所带来的那种欢欣鼓舞、力量感以及活力充沛的感觉,归因于另一种他称之为"天上的爱"的爱,而我更倾向于称之为"仁爱"。当他这样做,便使"天上的爱"沾染上了世俗之爱难以根除的弊病。爱会消逝,爱会死亡。

"人生最大的悲剧不是人的消逝,而是人们不再去爱。"人生或许诸多得意,但有一件是人们无能为力的,那就是你所爱的人不再爱你。

当拉罗什福科[1]发现"在两个情人之间,一个是爱人,另一个是被爱"时,他用一句格言道出了那个必然会阻碍人们在爱情中获得完美幸福的"不和谐音"。无论人们多么反感这个事实,无论他们多么愤怒地否

---

1 拉罗什福科,即弗朗索瓦六世·德·拉罗什福科(François VI, duc de La Rochefoucauld, 1613-1680),17世纪法国著名的作家、道德家和贵族。他以警句格言集《箴言录》(*Réflexions ou Sentences et Maximes Morales*)闻名于世。这部作品收录了许多关于人性、爱情、自私、虚荣等方面的精辟见解,以其深刻的洞察力和简洁的文笔而著称。"在两个情人之间,一个是爱人,另一个是被爱"即出自《箴言录》。

认它，爱情都无疑取决于性腺的某些分泌物，这是确定无疑的。在绝大多数情况下，这些分泌物都不会无限期地为同一个对象持续兴奋，并且随着年龄的增长，它们会逐渐减少。人们在这个问题上非常虚伪，不愿面对真相。他们如此自欺欺人，以至于当他们的爱情逐渐消退，转变成他们所谓的"稳固而持久的情谊"时，他们也能心安理得地接受。仿佛"情谊"与爱情有任何瓜葛似的！

"情谊"是由习惯、共同的利益、便利性和陪伴的渴望创造出来的。它是一种慰藉，而非令人心神激荡的体验。

我们是"变化"的造物，变化是我们呼吸的空气，难道我们所有本能中最强烈的那一个（仅次于生存本能），就能免于这条规律的支配吗？今年的我们与去年的我们已然不同，我们所爱之人亦是如此。如果我们自身发生了改变，却依然能够继续爱着一个也已改变的人，那真可谓是一种幸运的巧合。

在大多数情况下，当我们自身发生改变后，我们会做出一种绝望而可悲的努力，试图在另一个已经不同的人身上，去爱那个我们曾经爱过的人。正是因为爱情攫取我们时，其力量显得如此强大，我们才会说服自己，它将永恒不朽。当爱情消退时，我们会感到羞愧，并被"蒙蔽"地责怪自己的软弱，然而，我们本应将我们心境的转变视为人性的自然结果而坦然接受。

人类的经验使人们对爱情抱有复杂的情感。人们对爱情抱持着怀疑态度。人们对爱情的诅咒与赞美几乎一样频繁。人类灵魂，在努力寻求自由的过程中，除了短暂的瞬间，都将爱情所要求的"自我臣服"视为一种"失宠"。爱情带来的幸福或许是人类所能体验到的最极致的幸福，但它很少，很少是纯粹无杂质的。爱情谱写的故事，结局往往是悲伤的。

许多人憎恨爱情的力量，并愤怒地祈求从爱情的重负中解脱出来。他们拥抱着爱情的"锁链"，但明知那是"锁链"，却也痛恨它们。爱情并非总是盲目的，而最令人痛苦的事情莫过于，全心全意地爱着一个你明知不值得爱的人。

然而,"仁爱"不像爱情那样,带有"短暂易逝"的缺陷,而这缺陷是爱情无法弥补的。诚然,"仁爱"也并非完全没有性欲的成分。它就像跳舞,人们跳舞是为了享受有节奏的运动的愉悦感,人们不必渴望与舞伴上床,但只有在"与舞伴上床并不会令人感到厌恶"的前提下,跳舞才是一种愉悦的运动。"仁爱"使性本能得到了升华,但性本能也为"仁爱"注入了自身温暖而充满活力的能量。

"仁爱"是"善"中更美好的部分。它为"善"中那些较为严厉的品质增添了优雅,并使人们更容易去践行那些细微的美德,例如自制和克制、耐心、自律和宽容,而这些美德,是"善"中较为被动且不那么令人振奋的组成部分。"善"似乎是这个表象世界中唯一有资格被称为"目的本身"的价值。美德即是其自身的回报。

我很惭愧,最终得出了如此平庸的结论。以我那追求"效果"的本能,我本希望用一些惊世骇俗、自相矛盾的宣告,或者用一些我的读者会带着轻笑认出的、典型的愤世嫉俗来写就。现在看来,我能说的似乎也无外乎那些在任何"箴言集"中都能读到，或者在任何"讲道坛"上都能听到的陈词滥调。我绕了这么大一圈，最终发现的，却是早已人尽皆知的道理。

我没什么"敬畏感"。这个世界上，"敬畏感"实在是太多了。许多事物并不值得我们"敬畏"，却被强行要求"敬畏"。很多时候，"敬畏"不过是我们向那些我们不愿积极参与的事物所表达的、陈腐的敬意而已。

我们向过去的艺术家致敬的最好方式，例如但丁、提香、莎士比亚、斯宾诺莎，不是对他们抱有"敬畏"，而是像对待我们的同代人那样，对他们表现出熟悉感。我们的"熟悉感"表明，他们对我们而言依然鲜活生动。这样，我们便向他们表达了我们能给予的最高赞誉。然而，每当我偶尔遇到真正的"善"时，我都会发现"敬畏"自然而然地在我心中升腾。这时，我似乎不再介意，那些罕见的"善"的拥有者，或许有时不如我期望的那般聪慧。

当我还是个不快乐的小男孩时，我常常夜复一夜地做梦,梦见我在学校的生活都只是一场梦,我醒来后会发现自己又回到了家,依偎在母亲身边。母亲的去世,是一个即使五十年也未能痊愈的创伤。我已经很久不做那个梦了,但我从未完全摆脱那种感觉,即我的"现实生活"只是一个"海市蜃楼"。我在这"海市蜃楼"中做了这样或那样的事情,只是因为事情恰好如此发展。但即便当我身处其中,扮演着自己的角色时,我也能从远处审视它,并清楚地知道它只是一个"海市蜃楼"。

当我回首自己的人生,回顾其中的成功与失败、无尽的错误、欺骗与成就、欢乐与痛苦时,我感到它出奇地缺乏真实感。它是虚无缥缈、缺乏实质的。或许,我的内心,因为无处安放,所以对上帝和永恒不朽怀有一种深植于祖先血脉之中的渴望,而我的理性却对此不屑一顾。在找不到更好东西的情况下,我有时会自我安慰地认为,我在人生旅途中遇到的许多人身上,毕竟不算罕见的"善",才是真实存在的。

或许,在"善"之中,我们看到的不是人生的理由,也不是对人生的解释,而是一种"宽宥"。在这个冷漠的宇宙中，从摇篮到坟墓，我们都被不可避免的罪恶所包围，而"善"或许可以充当一种"回应"，不是一种"挑战"或"答复"，而是一种对我们自身独立的"肯定"。它是"幽默"对"命运悲剧性的荒谬"所做出的"反驳"。

与美不同，"善"可以臻于完美而不会令人感到乏味；与爱相比，"时间"也无法消蚀其愉悦。然而，"善"体现在"正当的行为"之中，而在这个毫无意义的世界里，谁又能说清什么是"正当的行为"呢？

"正当的行为"并非旨在追求幸福，幸福的降临只是一种幸运的"巧合"。我们都知道，柏拉图曾告诫他的"智者"，要放弃宁静的沉思生活，投身于纷扰的世俗事务之中，从而将"责任"的诉求置于对幸福的渴望之上。而我们所有人，我想，也都曾在某些时候，因为认为某件事是"正确"的，就毅然决然地采取了行动，即使我们深知，这件事无论是在当下还是在未来，都不会给我们带来幸福。那么，究竟什么是"正当的行为"呢？就我个人而言，我所知的最佳答案，是弗雷·路易斯·德·莱昂[1]给出的答案。遵循这个答案似乎并不困难，以至于人类的软弱会因力不从心而退缩。他说，人生的"美"无非就是这一点，即每个人都应"按照自己的本性和职责行事"。

（本文节选自《总结》，标题为编者所加）

---

[1] 弗雷·路易斯·德·莱昂（Fray Luis de León, 1527—1591），西班牙文艺复兴时期诗人、神学家，奥古斯丁修会修士。

老年人最好谨言慎行，否则容易令人反感

与年轻人相处

生命力蓬勃旺盛。这股内在的生命力所带来的愉悦，足以抵消人类所面临的痛苦与艰难。正是这股生命力，使人生值得体验。它从人的内心深处涌动，像明亮的火焰照亮每个人的处境。因此，无论环境多么难以忍受，拥有生命力的人都能容忍。

许多悲观主义，源于人们习惯将自身处境的感受强加于他人。这以及许多其他因素，也是小说常常失真的原因之一。小说家习惯用自己的世界来构建故事中的世界，并将自己特有的敏感性、反思能力和情感容量赋予笔下虚构的人物。然而，大多数人并不具备这种丰富的想象力。因此，在富有想象力的人看来无法忍受的境况,他们可能并不会有同样的感受。

以缺乏隐私为例,对于珍视个人空间的人而言,赤贫之人缺乏隐私的生活似乎难以置信,但对他们来说并非如此。他们并不喜欢孤独,与他人相伴而居更能带来安全感。任何曾经在他们中间生活过的人都会注意到,他们实际上并非完全羡慕富裕阶层的生活。许多在我们看来必不可少的东西,他们却并不渴望拥有。

但富裕阶层或许意识不到底层人民的困境。或许他们故意视而不见,因此也无视了残酷的现实:大城市底层人民的生活充斥着难以想象的痛苦和混乱——他们无所事事,工作枯燥乏味,自己和家人乃至孩子都在饥饿边缘挣扎,看不到任何摆脱贫困的希望。如果只有通过一场彻底的革命才能改变这种令人无法忍受的状况,就让革命到来吧,而且最好尽快发生。

当我们看到,即使在那些我们一直称之为文明的国家里,人们仍然如此残酷地对待彼此,就轻易断言人类已经变得很好,未免过于草率。然而,尽管如此,当今世界总体而言比历史上所展现的过去更适宜居住这一观点，并非毫无道理。而且，绝大多数人的命运，即便依旧充满挑战，也确实比过去要好得多。

人们有理由满怀希望地认为，随着知识的增长，诸多残酷的迷信和过时的习俗被抛弃，以及仁爱之心的日益增强，人类所遭受的痛苦将会减少很多。

然而，仍将有苦难继续存在。地震将持续肆虐，旱灾将持续摧毁庄稼，无法预料的洪水也将摧毁人类精心建造的家园。唉，人类的愚蠢也将继续以战争来摧残生活。总会有人天生不适合生存，生活对他们而言将是一种负担。只要存在强弱之分，弱者就必然处于不利地位。只要人类还受占有欲的诅咒（我推测这种诅咒将伴随人类存在的每一天），他们就会从那些无力保护自身财产的人手中夺走可以夺走的东西。只要他们还拥有这种本能，就会以牺牲他人的幸福为代价来行使它。简而言之，只要人还是人，就必须继续准备承受苦难。

邪恶无法用理性来解释，它被视为宇宙秩序中不可或缺的一部分。无视邪恶是幼稚，为之悲叹则是徒劳。斯宾诺莎认为怜悯是妇人之仁。从这位温柔而严谨的精神导师口中说出这个词，听起来有些刺耳。我想，他的意思是，对于无法改变的事情，强烈的情感表达只是浪费时间。

我并非悲观主义者。事实上，如果我说自己是悲观主义者会很可笑，因为我一直都是幸运儿。许多比我更有价值的人，却没有像我一样有好运气。一个小小的意外就可能改变一切，让我像许多才华与我相当甚至超越我、机会与我均等的人一样，彻底失败。如果他们中有人读到这些文字，我恳请他们相信，我并非傲慢地将我所获得的一切归功于自身优点，而是归因于某些不太可能发生的巧合，对此我无法解释。

尽管我存在各种局限性，无论是身体上还是精神上，我仍然很高兴活过这一生。我不会想要重新活一遍，那样毫无意义。我更不想再次经历自己所受的痛苦。我天性中的一个弱点是，痛苦给我的折磨远甚于人生乐趣带来的享受。但是，如果我身体没有缺陷，更强健，更聪慧，我倒是不介意再来这个世界走一遭。

我们眼前即将展开的岁月，看起来会很有趣。

现在的年轻人步入人生时，拥有许多我们那一代年轻人所不具备的优势。他们受到的习俗束缚更少，而且他们已经认识到青春的价值是多么伟大。而我们二十多岁时的世界，是以中年人为中心的世界。青春被视为需要尽快度过的一个阶段，以便早日成熟。

至少在我所属的中产阶级中，现在的年轻人准备得更充分。他们普遍学习了许多有用的知识和技能，这些知识在我们那时罕见。

现在的两性关系也更加正常，年轻女性成为年轻男性的伴侣的方式更为自然。

在我们过去的时代，即见证了女性解放的时代，不得不面对的难题之一是：女性不再仅仅是早期那种家庭主妇和母亲。她们试图参与社会事务，但缺乏足够的能力。她们要求获得应有的尊重，不甘愿被视为男性的下属。她们行使新获得的权利，参与所有男性主导的活动，但由于缺乏经验，反而成为一种负担。

她们不再仅仅是家庭主妇,却尚未学会如何成为真正的伙伴。

对于一位年长的绅士而言,再也没有比当今的年轻女孩更令人赏心悦目的景象了。她们如此能干且自信,既能高效管理办公室,又能进行激烈的网球比赛。她们以智慧的目光关注公共事务,还能欣赏艺术。她们自立自强,以冷静、精明和宽容的态度面对人生,她们已经准备好了。

我并非想要扮演先知的角色。但我认为,显而易见的是,已经登上历史舞台的这些年轻人必将带来更大变革。新的变革将彻底改变文明。

在这场大变革中,生活将不再轻松安逸。正如一战前正值壮年的那一代人回忆过去的欧洲,正如法国大革命的幸存者回顾旧制度。他们也会怀念那些逝去的岁月。变革时代的生活不会甜蜜。

我们现在正处于伟大革命的前夜。我毫不怀疑,无产阶级将日益意识到自身权利,并最终在一个又一个国家夺取政权。我从未停止感到惊讶,当今的统治阶级与其继续徒劳对抗,为何不尽一切努力训练大众,让他们做好准备,以便在失去财产时,命运不至于像俄国人所遭遇的那样悲惨。多年前,迪斯雷利[1]就已告诫他们应该这样做。

就我个人而言,我坦诚地说,我希望有生之年能维持现状。但这个时代变化太快,我们必须应对无常。

一位我认识的俄国流亡者告诉我,当他失去地产和财富时,曾一度被绝望吞噬。两周后,他重拾内心的平静,此后便再也没有为失去的一切而烦恼。

我不认为我会过分依恋我的财产,失去它们应该不会伤心太久。如果俄国的情况在我的世界中发生,我也会尝试去适应。如果我发现人生实在难以忍受,我想我也有勇气退出舞台。因为在这个舞台上,我再也无法扮演令自己满意的角色。

---

[1] 本杰明·迪斯雷利(Benjamin Disraeli, 1804—1881),19世纪英国政治家、作家,其作品如《康宁斯比》(*Coningsby*)和《西比尔》(*Sybil*)等,深刻地反映了他对当时英国社会和政治的洞察。

我纳闷的是，为什么这么多人对自杀的念头感到如此恐惧。说自杀是懦弱，简直是无稽之谈。我赞赏那些在人生除了痛苦和不幸，别无他物时，自愿结束自己生命的人。普林尼[1]不是说过吗？在人生的一切苦难中，上帝赐予人类最好的礼物，就是拥有自己想死时就能去死的意志。撇开那些因宗教信仰而将自杀视为罪过的人不谈，我认为，自杀似乎在许多人心中激起愤慨的原因在于，自杀蔑视生命力，并且通过无视人类最强烈的本能，对生命力保护他们的能力投下了令人恐惧的怀疑。

是的，房子已经建成。未来或许会有一些增建，例如一个可以欣赏美景的露台，或者一个可以在盛夏沉思冥想的凉亭。但如果死亡阻止我完成这些增建，那么这所房子，即便拆房人可能在我的讣告发布的第二天就开始拆毁它，也终究还是建成了。我期待着老年，并不沮丧。

---

[1] 普林尼（Pliny the Elder，约 23—79），古罗马作家、博物学家，以其百科全书式著作《自然史》（*Naturalis Historia*）而闻名。

当阿拉伯的劳伦斯去世后，我在一位朋友的文章中读到，他喜欢超速驾驶摩托车，因为他暗中渴望意外事故。他认为倘若意外事故在他仍有能力掌控摩托车时结束他的生命，他便再也不会遭受老年的耻辱了。如果这是真的，那么这是他古怪且略带戏剧化性格的一个弱点，表明他缺乏理智。

完整的人生，完美的模式，既包括青年和成熟，也包括老年。早晨的美丽和正午的光辉固然美好。但如果有人为了逃避傍晚的宁静，而拉上窗帘、打开灯，那将是非常愚蠢的行为。

老年有其自身的乐趣。尽管这些乐趣与青年时期有所不同，却丝毫未见逊色。

哲学家们总是告诉我们，我们是自身激情的奴隶。能够从激情的支配中解放出来，难道不是一件值得庆幸的事情吗？傻瓜的老年是愚蠢的，但他的青年时期又何尝不是如此呢？

年轻人对老年感到恐惧，因为他们认为，当他们步入老年时,仍然会渴望那些青年时的事物却力有不逮。他们错了。

的确,老人将无法再攀登阿尔卑斯山,也无法再将漂亮女孩拥入怀抱。的确,他无法再激起他人的肉欲。但是,摆脱了单相思的痛苦和嫉妒的折磨,难道不好吗?嫉妒常常像毒药一样侵蚀青年人的心灵。而当欲望消退时,嫉妒也随之消失,难道不好吗?但这还只是消极的补偿,老年还有积极的补偿。或许听起来有些矛盾,但老年的确拥有更多的时间。

当我年轻时,我对普鲁塔克[1]关于老加图八十岁才开始学习希腊语的记载感到惊讶。现在我不再感到惊讶了。老年随时准备承担那些青年时期因时间不足而放弃的任务。在老年时期,品味会得到提升。老年可以在没有偏见的情况下欣赏艺术和文学,而个人偏见在青年时期常常会扭曲判断力。老年拥有自我实现的

---

[1] 普鲁塔克(Plutarch,约46—约120),古罗马时代希腊作家、历史学家、传记作家和散文家,以其《希腊罗马名人传》(*Parallel Lives*)和《道德论集》(*Moralia*)而闻名。

满足感。老年从人类的自我中心主义的束缚中解放出来。灵魂终于自由了。它享受流逝的瞬间，却不期望自身永远停留。它已经完成了人生的完整历程。

歌德曾渴望来世，以便能够实现自己在人生中没有时间发展的那些方面，但他同时也说过，想要成就任何事业，必须学会自我约束。当你阅读歌德的人生故事时，你一定会对他在琐碎事务上浪费的时间感到震惊。或许，如果他能更仔细地约束自己，他本可以充分发展自己独特的个性，从而发现自己并不需要来世。

（本文节选自《总结》，标题为编者所加）

衰老的补偿,就是不必再做任何不愿意做的事

老年的自由

昨天,我年满七十。

每迈入一个新的十年,人们总是情不自禁地——尽管未必合乎理性——将其视为某种重要的里程碑。三十岁时,我哥哥郑重地对我说:"你已经不再是个孩子了。现在,你是个成年人了,必须像个大人那样行事。"到了四十岁,我对自己说:"青春到此为止。"五十岁生日那天,我则安慰自己:"别再自欺欺人了,这就是中年,接受现实吧。"六十岁时,我下定决心:"是时候整理后事了,这是暮年,我得清点自己

的人生账目。"于是,我退出剧坛,写下了《总结》[1],试图自圆其说地回顾自己在文学与人生中学到了什么,做了什么,以及得到了多少满足感。但在所有这些人生关口中,我仍然认为,七十岁这一站,才真正值得大书特书。活到七十,人们往往会认命地接受它为人类寿命的"标准配额",而此后岁月,则不过是时间老人在挥舞镰刀时,你趁他不注意悄悄偷来的。

到了七十,你已经不是站在老年的门槛上,而是——毫无疑问地——彻头彻尾的老人。

在欧洲大陆,有一种风雅的传统:当一位功成名就的人士步入古稀,他的朋友、同事、门生(如果他有的话)便会聚在一起,编撰一本纪念文集以示敬意。在英国,我们并不那么奉承人。我们最多请他吃顿晚宴,而且,除非他真的非同凡响,否则连这点荣幸也未必有。

---

[1] 《总结》(*The Summing Up*),毛姆创作于1938年的作品,带有自传性质,回顾和总结了其人生经验和文学观点。

我曾参加过H·G·威尔斯七十岁时的宴会，宾客云集。萧伯纳，白发如雪，皮肤光洁，目光炯炯，挺拔如昔，端的是一副伟岸的形象。他发表了一番妙趣横生的演说，站得笔直，双臂交叉，以他那恶作剧般的幽默，讲了不少让寿星和在座宾客都颇感尴尬的话。那是一场精彩的演讲，他嗓音洪亮，口才一流，而那爱尔兰口音既突出了他的刻薄，又巧妙地稀释了它的杀伤力。至于H·G·威尔斯本人，则目不转睛地盯着讲稿，用那略显尖细的嗓音朗读了演说。他语带愠怒地提及自己的高龄，并用一种极为自然的怨怼，抗议在场所有可能抱有的想法——这次宴会意味着他的时代行将落幕。他笃定自己仍旧随时准备纠正世界的种种谬误，斗志丝毫未减。

而我的七十岁生日，则在寂然无声中度过。我像往常一样工作到上午结束，下午在房后的一片寂静树林中散步。我始终弄不清，究竟是什么赋予了这片树林如此奇特的魅力。它和我所见过的任何一片树林都不同——这里的寂静，仿佛比世上所有的寂静更浓稠、更深邃。

阔叶橡树枝繁叶茂,灰色的西班牙苔藓宛如破旧的寿衣,垂挂在枝丫之间。橡胶树在这个季节光秃秃的,而中国野樱树的浆果干瘪发黄。高耸的松树昂然挺立,在浓郁的绿色里燃烧着某种静默的火焰,俯瞰着下层的树木。这片破败而荒芜的林地有一种异样的氛围,独行其中,竟不会感到孤独,仿佛四周潜伏着某种无形的生灵,既非人类,亦非非人类——一种阴影般的存在,从树干背后悄然探出,在你经过时无声地注视着你。空气里弥漫着一股难以言喻的悬念感,似乎整个树林都在屏息等待,等待某种尚未降临的事件。

回到家后,我泡了一杯茶,读书至晚餐时分。饭后,我又继续读书,玩了两三局纸牌接龙,听了无线电里的新闻,然后带着一本侦探小说上床。我读完了它,然后睡去。整整一天,除了和我的女仆说了几句话,我没有和任何人交谈。

这便是我的七十岁生日——正如我所期望的那样。我沉思着。两三年前,我和丽莎散步,她不知为何忽然谈起自己对衰老的恐惧——她感到恐惧,仿佛窥见了某种不可名状的命运。

"别忘了,"我安慰她,"等你老了,你就不会再渴望那些如今令你兴奋不已的事物。衰老自有它的补偿。"

"什么补偿?"她质疑道。

"嗯,比如,你几乎不必再做任何你不愿意做的事。你仍可以欣赏音乐、艺术和文学,尽管方式有所不同,但仍能乐在其中。你可以旁观世事变迁,获得许多乐趣,而不必亲身卷入其中。你的欢愉不再那么激烈,而痛苦同样少了刺痛。"

她听后,似乎觉得这不过是冷淡的安慰,甚至连我自己都察觉,这描绘出的未来略显灰暗。后来,当我再次思考这个问题时,突然意识到,衰老最大的补偿是精神上的自由。你会对许多壮年人执着的事情生出某种漠然,你不再嫉妒,也不再憎恶,更不会斤斤计较。

我不认为自己还会嫉妒任何人——我的天赋,我已经尽其所能地加以利用,也不羡慕别人的才华更胜一筹。我也曾尝过成功的滋味,因此对别人的成功并无妒意。我乐得把自己长期占据的那个小小位置让出来,供后来者取而代之。至于别人的看法?他们喜欢我也好,不喜欢也罢,对我而言,都不过是耳边风。他们若是表示好感,我会淡然一笑;若是流露反感,我也不以为意。事实上,我早已知道自己身上有些特质引起某些人的厌恶,这实在再自然不过——毕竟,没有人能让所有人都喜欢。比起困扰,我更多的是好奇——究竟是哪一点,让他们如此不悦?

至于他们如何评价我作为作家的成就,这就更无所谓了。毕竟,我想做的事,基本已经做完,剩下的事情与我无关。文学圈子里的所谓"声誉"往往是恶名昭著的同义词,我们这些写书的有时还天真地把它当成荣耀。我时常想,如果一开始便用笔名写作,现在的生活可能会清净许多。事实上,我的第一部小说[1]确实是用笔名出版的,只是因为出版社警告说那本书可能会被猛烈抨击,而我不愿意躲在一个虚构的名字

---

[1] 第一部小说,指毛姆的处女作《兰贝斯的丽莎》(*Liza of Lambeth*)。

后面，这才署上了真名。很少有作家能彻底摆脱对后世评价的隐秘期待。我偶尔也会自娱自乐地想象，自己能在去世后存活于人们记忆中的时间能有多久。

普遍认为，我最好的作品是《人性的枷锁》。它仍然在畅销，说明还有人在读，而它出版至今已三十年。对于一部小说来说，这已经是漫长的一生了。然而，后世并不倾向于阅读冗长的书籍，我猜想，等到这一代对它颇有兴趣的人纷纷作古（说实话，他们的持久热情让我大为意外），它也将如许多更优秀的作品一样，被遗忘。

或许，我的一两部喜剧还能苟延残喘一阵，毕竟它们符合英国喜剧的传统风格，或许能在自王政复辟时期以来的英国戏剧史上占据一行小字，勉强延续至诺埃尔·科沃德[1]的剧作时代，继续取悦观众。

而我写的一些短篇小说，或许还能在选集中存活

---

[1] 诺埃尔·科沃德（Noel Coward，1899—1973），英国剧作家、作曲家、演员，以创作轻喜剧而闻名，代表作有《私人生活》（*Private Lives*）等。

一段时日——如果仅仅因为它们的故事发生在某些即将因时代变迁而变得浪漫化的背景下。那么,这就是我留给未来的全部行囊了:两三部戏剧,十几篇短篇小说。这固然不算丰厚,但总比两手空空要好。而如果事实证明我错了——如果我在死后一个月就被彻底遗忘——那也无妨,我自是全然不知。

十年前,我已经在舞台上谢幕了——当然,这是比喻之词,毕竟自从早年写了几部戏剧之后,我便断然拒绝再让自己出现在那种有失体面的场合[1]。媒体和朋友当时都不相信,觉得我不过是嘴上说说,不出两年肯定会复出。可惜让他们失望了,我不仅没复出,甚至连复出的念头都未曾有过。

几年前,我曾计划再写四部小说,然后彻底与虚构创作告别。其中一本已经完成。(至于那本在美国受邀参与战时工作时写的战争题材小说,我根本不想算

---

[1] 有失体面的场合,指在"在舞台上谢幕"这种公开告别的方式。毛姆认为对于严肃的剧作家而言,这种仪式性的告别略显庸俗和自降身份。

数，那对我来说纯粹是苦役。）然而，如今看来，剩下的三本恐怕永远不会付诸笔端了。

其中一本，我想写一个发生在十六世纪西班牙的神迹故事；还有一本，我想写马基雅维利在罗马涅与切萨雷·博尔贾相处的日子，那段经历无疑是《君主论》的绝佳素材。我本想将他的剧作《曼德拉草》中的情节与二人的对话交织在一起。我一直觉得，作家会从自身经历中汲取素材，哪怕只是些无足轻重的琐事，经由创作才华点化，也能变得富有戏剧性。而我则想反其道而行之，从剧本出发，推测其中可能暗藏的个人经历。

最后，我本打算以一部描写伦敦伯蒙西贫民窟工人阶级家庭的小说，为我的写作生涯画上句号。五十年前，我正是以伦敦街头的游手好闲者开篇，如今若能以同类题材收尾，倒是一个不错的呼应。然而，现在看来，这个想法更适合作为闲暇时的遐想。对于作家而言，书本最美好的时刻，往往是在尚未写成之时，一旦落笔，它们便不再属于作者，人物的命运也不再能为作者带来乐趣。

说实话，我已年逾古稀，再指望自己写出什么有价值的东西，未免太过痴心妄想。我的动力消散，精力枯竭，创造力如同一口抽干的井，连回音都显得干巴巴。文学史家谈论伟大作家晚年的作品时，偶尔带点怜悯的同情，但更多时候，只是冷淡的忽视——就像看到一个垂垂老矣的演员仍在舞台上卖力表演，人们不忍嘲笑，但也懒得鼓掌。

我亲眼见过一些才华横溢的友人，晚年作品如江河日下，令人惋惜，可他们仍笔耕不辍，似乎在和命运较劲。然而，一个作家最渴望传达的信息，终究是写给自己的同时代人的。真正明智的做法，是知趣地让位于新一代，让他们自行挑选值得聆听的声音。即便你不主动退场，他们也会毫不客气地请你离席。你的语言对他们而言，将如同希腊文一般晦涩难解。我早已构筑起自己的人生和事业，再添一砖一瓦，恐怕也只是画蛇添足。是时候收笔了，我心甘情愿。

另一个让我确信自己该见好就收的迹象，是我开始频频回望过去。我向来习惯活在未来，甚少沉湎于当下，而如今越来越常在旧事中流连。或许，这正是自然规律的温柔提醒——毕竟，未来的光景所剩无几，而过去则已经绵延成一条漫长的河流。我一生酷爱规划，并且大多数时候能按计划行事。但现在，又有谁能做出可靠的计划呢？谁能预见明年、后年会发生什么？个人的命运将如何演变？还能否像从前那样生活？

我曾经沉醉于地中海的蔚蓝海面，懒洋洋地随波逐流。如今那艘帆船被德国人没收了；我的汽车被意大利人开走了；我的房子先是落入意大利人之手，如今又归了德国人所有；至于我的家具、书籍、画作，若没有被洗劫一空，也早已四散流落。但奇怪的是，我对此竟毫不动容。我曾尽享人世奢华，如今，只要有两间属于自己的房间，一日三餐，再加上一座可以随时畅游的图书馆，我便心满意足了。

我的思绪也时常徘徊于逝去的青春岁月。年轻时，我做过许多让自己后悔的事，但我尽量不去烦恼它们。我对自己说，那些错事不是现在的"我"干的，而是那个年少无知、蠢蠢欲动的"他"做的。我曾伤害过一些人，既然无法弥补过去的过失，便尽力通过帮助他人来赎罪。偶尔，我会带着一丝怅然，回忆起那些年少时错失的风流韵事。但即便时光倒流，我恐怕依然会错过它们——我生性有些洁癖，而每当情势走向关键时刻，我的身体总会毫不犹豫地投下否决票。哪怕在此之前，我的想象已为这场冒险点燃了熊熊烈火，现实中的我却仍然被某种生理上的排斥感阻挡在门外。说到底，我一生都比自己所希望的要更加贞洁。

大多数人都过于多话，而老年更是喋喋不休。尽管我一直偏好倾听，而非高谈阔论，但近来我发现自己也开始沾染上絮叨的毛病。一旦察觉到这一点，我立刻警觉地加以遏制。毕竟，老年人本就是被宽容对待的存在，理应谨言慎行，以免惹人嫌。他若是执意融入年轻人的圈子，未免显得不识时务——他的存在会让他们感到拘束，他们无法在他面前自在地做自己。

而如果一个老人迟钝到察觉不到自己的离开会令年轻人如释重负，那可真是无药可救了。若是他尚在人世有所作为，年轻人偶尔也会主动接近他；若他天真到看不穿他们并非真正想与他交往，而只是为了日后在同伴面前吹嘘一番，那便未免太傻。对年轻人而言，老人更像是一座山。他们攀登这座山，并非为了享受登顶的过程，也非为了欣赏峰顶的风景，而只是为了在下山后，可以炫耀自己曾征服过这座高峰。

明智的老人最好还是多与同龄人交往，若能从中找到乐趣，那可谓鸿运当头。可若是被邀请参加聚会，一踏进门，目光所及皆是半截身子入土的老家伙，那未免太让人沮丧了。蠢货不会因年岁增长而变聪明，年老的蠢货比年轻的蠢货更是令人不胜其烦。我真不知哪种老人更让人难以忍受——是那些死活不肯向岁月缴械投降、行止轻浮得令人作呕的老浪子，还是那些故步自封、对这个不肯为他们停下脚步的世界怒不可遏的老顽固。

如此看来，当年轻人不愿与老人为伍，而老人又觉得同龄人的交际索然无味时，老人的处境就变得岌岌可危了。最终，他只能与自己作伴。而对此，我倒觉得幸运——我一直以来最持久的慰藉，皆来自自身。

我本就不喜扎堆，而年岁增长带来的一个补偿便是，我可以光明正大地以此为借口，要么婉拒社交邀约，要么在聚会开始变得无趣时悄然溜走。孤独已然成为我的日常，我亦逐渐安于独处。去年，我在康巴河畔的小屋里独居数周，谢绝访客，既不觉寂寞，也无半分无聊。直到酷暑与疟蚊将我逐出隐居之所，我才恋恋不舍地返回纽约。

人要过多久才会意识到，秉性仁慈给自己带来了多少福祉，这真是件怪事。直到最近我才意识到，自己从未遭受过头痛、胃痛或牙痛的折磨，竟是如此幸运。我前几日读到，卡尔丹[1]在近八十岁时写成的自传中，还庆幸自己尚存十五颗牙齿。我数了数自己的，发现仍有二十六颗。过去，我确实得过不少重病，如肺结核、痢疾、疟疾，甚至还有一些我早已忘却的病症，但我既不酗酒，也不暴食，身体倒也算得上健壮。

显然，若无相当不错的健康，便别指望能从晚年生活中获得多少乐趣，除非收入充裕，否则亦然。不

---

[1] 卡尔丹，即吉罗拉莫·卡尔达诺（Girolamo Cardano，1501—1576），文艺复兴时期的意大利博学家、数学家、物理学家、占星学家和哲学家。此处提到的自传应为《我的生活之书》（*De vita propria liber*）。

过，这收入倒不必多么庞大。人的需求本就有限，而作恶的代价高昂，人到晚年很容易变得品行端正。然而，又穷又老，那的确糟糕透顶，倘若还得依赖他人供给生活必需品，那就更是难堪。我倒是感激公众的慷慨，这恩惠不仅让我活得舒适，还能满足我的各种奇想，并供养那些对我有所期待的人。

老年人往往倾向于吝啬，常借钱财维系对依赖他们之人的权力。我察觉自己尚未屈服于这等恶劣冲动。我的记忆力尚佳，只是记不住姓名和面孔，却能牢牢记住读过的东西。这其中唯一的弊端便是，当世界上所有伟大的小说都被我读过两三遍后，我便再难兴致盎然地重温它们。现代小说中少有能激起我兴趣的，幸好还有无数引人入胜的侦探小说让我消磨时光，读过之后便忘得一干二净，若非如此，我真不知该如何打发日子了。

我素来不爱读那些与我毫不相干的书。时至今日，我仍无法逼自己去读那些与我的人生毫无瓜葛的人和地方的娱乐或教诲之书。我对泰国的历史毫无兴趣，爱斯基摩人的风俗习惯也与我无关。至于曼佐尼[1]的传记,我宁愿去读一份面包的生产流程。而科尔特斯[2]呢?我对他的全部好奇,似乎仅止于他曾站在达连[3]的山峰上,环顾那片未曾染指的土地。

然而,我依然可以兴致勃勃地读那些年轻时钟爱的诗人,也能满怀期待地翻阅当今诗人的新作。我由衷地庆幸,自己活得足够长,得以见证叶芝和艾略特诗作的晚期光芒。至于约翰逊博士[4]的一切,我都可以反复阅读,而柯勒律治、拜伦、雪莱——几乎所有关于他们的文字,都能让我津津有味地消磨时光。

然而,老年剥夺了我们初读世界伟大杰作时的悸

---

1 曼佐尼,即亚历山德罗·曼佐尼(Alessandro Manzoni, 1785—1873),意大利诗人、小说家,他的代表作历史小说《约婚夫妇》(*I Promessi Sposi*)被认为是意大利文学的里程碑。

2 科尔特斯,即埃尔南·科尔特斯(Hernán Cortés, 1485—1547),西班牙征服者,因征服阿兹特克帝国而闻名。

3 达连(Darien),指巴拿马地峡地区。

4 约翰逊博士,即塞缪尔·约翰逊(Samuel Johnson, 1709—1784),英国作家、评论家、词典编纂家,以其博学和犀利的文风著称,被誉为"约翰逊博士"。

动,那种令人战栗的震撼,一旦失去,便无法复得。重温那些曾让我"像济慈笔下的观天者[1]一般怦然心动"的作品,我最终却不得不承认它们"不过如此",这实在是件伤感的事。

但幸运的是,还有一个领域依然能让我如往昔般投入——哲学。当然,我指的不是那种咬文嚼字、索然无味的哲学——"哲学家的言辞若不能医治人的疾苦,便是空洞的"。我感兴趣的,是探讨人类切身问题的哲学。柏拉图、亚里士多德(有人说他枯燥乏味,但如果你稍有幽默感,就能从他那里发现不少有趣的东西)、普罗提诺、斯宾诺莎,以及那些现代哲学家,如布拉德利和怀特海,他们总能让我兴致盎然,甚至带来不小的愉悦。归根结底,他们所关心的,以及希腊悲剧作家们关注的,始终是同一件事——人类唯一重要的事。他们让人崇高而宁静。阅读他们的著作,

---

[1] 济慈笔下的观天者,指约翰·济慈(John Keats,1795—1821)的十四行诗《初读查普曼荷马史诗》(*On First Looking into Chapman's Homer*)。诗中将初读荷马史诗的感受比作天文学家发现新行星时的激动。

就像在点缀着无数岛屿的内海中,乘着和煦微风航行,怡然自得。

十年前,我在《总结》中犹疑地记录了自己关于上帝、不朽,以及生命意义与价值的印象与思考,这些来自我的经验、阅读与冥想。而如今,这些问题仍未给我任何改变看法的理由。如果要重写,我或许会试着更深入地探讨价值观的紧迫性,甚至对"直觉"这一概念找到些不那么随性的表述。某些哲学家曾试图以直觉为地基,构筑起庞大的理论大厦,但在我看来,直觉之于坚实的哲学体系,就像水柱上晃荡的乒乓球——可怜兮兮,随时可能坠入深渊。

如今,比起当年,我又更接近死亡十年。奇怪的是,这十年间,我对死亡的期盼,并未添上一丝额外的忧虑。事实上,有时候我甚至会觉得,一切都已经经历得太多了:见过太多的人,读过太多的书,欣赏过太多的画、雕塑、教堂、豪宅,听过太多的音乐。至于上帝是否存在?没有任何证明其存在的论点足够令人信服，而信仰必定取决于——正如伊壁鸠鲁[1]很久以前所说——"直接的领悟"。可惜，我从未有过这种"直接的领悟"。更何况，至今没有人能给出一个令人满意的解释，来说明邪恶如何能与全能全善的上帝并存。

有一段时间，我曾被印度教那个神秘的"中性"概念吸引——它是存在、知识与极乐，无始无终。与那些出自人类愿望的上帝相比，我更倾向于相信它。但归根结底，我认为这不过是另一种令人印象深刻的幻想罢了。试图从终极原因中逻辑地推导出世界的多元性，这无异于在一颗鸡蛋里寻找银河。面对宇宙的浩瀚、星辰，以及那些以成千上万光年计算的虚空，我由衷地敬畏，但我的想象力无论如何都无法构想出一个宇宙的创造者。我很乐意接受这个事实：宇宙的存在是一个谜，而人类的智慧，恐怕注定无法解开它。

---

1 *伊壁鸠鲁*（Epicurus，前341—前270），*古希腊哲学家，伊壁鸠鲁学派的创始人，主张快乐是人生的目的，但提倡节制和理性地追求快乐。此处提到的"直接的领悟"*（immediate apprehension），*指伊壁鸠鲁认为信仰上帝应基于个人直接的体验和感受，而非理性的论证。*

至于生命的存在，我并不反对这样的观点：或许宇宙间确实存在某种精神物理物质，其中蕴含着生命的种子，而精神层面则是复杂演化的起点。但这一切是否有目的？是否有意义？如果有的话，它们究竟是什么？对这些问题，我至今仍一无所知。而哲学家、神学家、神秘主义者们对此给出的答案，没有一个能让我信服。

不过，如果上帝真的存在，而且他确实关心人类的事务，那么我想，他一定有足够的常识，以一种宽厚而富有幽默感的态度，看待人类的软弱。毕竟，一个理智的人，总不会对蚂蚁的失误太过苛责。

那么，灵魂呢？印度教徒称之为"阿特曼"[1]，他们相信它自永恒以来便已存在，并将持续到永恒。相较于认为灵魂是在个体受孕或出生时被创造出来的说法，我更愿意相信前者。他们坚持灵魂本质上是"绝对实

---

[1] 阿特曼（Atman），梵语词汇，印度教和某些印度哲学流派中的核心概念，指"真我""内在的自我""灵魂"。在印度哲学中，阿特曼被认为是永恒不变、超越个体存在的，与宇宙的终极实在"梵"（Brahman）息息相关。

在"，它从"绝对实在"中散发出来，最终仍将归于其中。这是一个令人愉悦的幻想，而幻想的妙处就在于，没有人能证明它不是真的。这种信念不可避免地包含了对"轮回转世"的接受，而"轮回转世"又提供了一种似乎颇为合理的解释，来说明人类才智所构想出的邪恶存在——因为它暗示，邪恶是对过往罪愆的报应。但它并未解答一个更深刻的问题：如果有一位全知全善的造物主，他究竟是如何——更别说为什么——创造出了错误？

但说到底，灵魂究竟是什么？从柏拉图开始，人们对这个问题给出了无数答案，而绝大多数，不过是他推测的翻版。我们不断地使用"灵魂"这个词，既然如此，我们大概总归是指涉着某种东西。基督教采纳了一种直截了当的定义——灵魂是上帝创造的、单一的、不可分割的精神实体，且永恒不朽。你或许并不相信这一点，但仍可以赋予"灵魂"一层别的含义。当我自问"灵魂"对我而言意味着什么时，唯一能给出的答案是：它指的是我的自我意识，我内在的"我"，那个构成我"人格"的东西。而"人格"无非是我的思想、情感、经验，以及我的身体在时间长河中的诸多偶然性的总和。

我发现，许多人对"偶然性"影响灵魂的观点颇为抗拒，而我自己却深信不疑。假如我不口吃，或者假如我比现在高出十多厘米，我的灵魂必然大不相同。我略微有点反颌，而在我年幼时，人们尚未掌握用金属箍矫正下颌的办法；若是他们知道并为我施行矫正，我的面相便会截然不同，别人对我的反应也会有所不同，而我的性格、我对他们的态度，势必也会随之改变。可如果灵魂是连牙医都能改造的东西，它究竟是什么呢？我们都清楚，若非因为某个偶然的相遇，或是在特定时刻身处特定地点，我们的人生会完全不同。既然人生经历可以彻底改写性格，而性格便是灵魂的映射，那么我们的灵魂，又怎能一成不变？

无论灵魂是由品质、情感、特性，抑或其他难以言明的元素组成的集合体，抑或它确实是个独立的精神实体——性格，都是它唯一可感知的部分。我想，大家大概都会同意，精神或肉体的痛苦，都会影响性格。

我认识一些人，在贫困潦倒、无人赏识时，他们嫉妒、刻薄、吝啬，而当他们功成名就，便变得仁慈而宽宏大量。多存一点钱、尝到一点名声的滋味，就能获得"伟大的灵魂"——难道不觉得匪夷所思？相反，我也认识一些人，原本正派可敬，然而疾病或贫困将他们折磨得满嘴谎言、诡计多端、怨天尤人、满腹恶毒。如此依赖身体"偶然性"的灵魂，若要脱离肉身而独立存在，这说法实在令人难以信服。你看着一个死者，几乎不可能不产生这样的感觉——他们显然是彻底死了。

有人曾问我，是否愿意再活一次。总的来说，我的人生尚可，或许比大多数人更幸运，但我实在想不出有什么理由去重复它。这就像重读一本你已经读过的侦探小说一样无聊。

假设轮回转世的学说真的成立（世界上四分之三的人类相信此事），并且可以自由选择是否投胎，我曾一度想，也许可以尝试这一实验，好体验那些由于环境或自身精神、肉体特性而错过的经历，去学习那些未曾有时间或机会去学习的事情。但现在，我宁可放弃。我对永生既不信,也不感兴趣。我只希望死亡能来得迅速且无痛,而我确信无疑,伴随着我的最后一口气,我的灵魂,连同它的渴望与弱点,也将一同消散。

伊壁鸠鲁写给墨诺叩斯[1]的一句话,我早已牢记于心:"要习惯于相信,死亡与我们毫无关系。因为一切善与恶皆系于感觉,而死亡是对感觉的剥夺。因此,正确理解死亡与我们无关,就能使人坦然享受这有限的人生——不是因为它给予生命无尽的长度,而是因为它消除了对永生的渴求。因为对于真正理解了'不活着也没什么可怕'的人来说,生命中便再无可惧之事。"

(《作家笔记》1944年日记节选,标题为编者所加)

---

[1] 墨诺叩斯(Menoeceus),伊壁鸠鲁写给他的朋友墨诺叩斯的一封信,通常被称为《致墨诺叩斯书》(*Letter to Menoeceus*),集中阐述了伊壁鸠鲁的伦理思想,包括对快乐、痛苦和死亡的看法。毛姆此处引用的正是该信中的经典名句,表达了伊壁鸠鲁学派对死亡的虚无主义观点,以及由此推导出的及时行乐的人生哲学。

最后，等我知道答案时，已经没人再问那个问题了

结语

她滔滔不绝地说着，语气夸张，最后问我："成名的感觉如何？"这个问题大概已经有人问过我二十次了，我从未找到一个合适的答案。但今天——太迟了——答案忽然跃然心头。

"这就像收到一串别人送你的珍珠项链。它很漂亮，但过了一阵子，如果你还记得它，那也只是想知道它们到底是天然的还是养殖的。"

现在我终于准备好了答案，可我料想再不会有人问我这个问题了。

（《作家笔记》1941年日记节选，标题为编者所加）